Paquita Salas

SUPERVIVIENTE

Mis memorias

Papel certificado por el Forest Stewardship Council®

MIXTO
Papel procedente de
fuentes responsables
FSC® C117695

Primera edición: abril de 2020

© 2020, Javier Ambrossi y Javier Calvo
Autores representados por Editabundo Agencia Literaria, S. L.
© 2020, Javier Galán y Diego Pinillos, Equipo de Guion de Suma Latina
© Tamara Arranz/Netlix por las fotografías de las páginas 216 y 217.
© Carla Oset/Netflix por las fotografías de las páginas 96 y 149.
© 2020, Iván García, por las novelas gráficas
© 2020, Penguin Random House Grupo Editorial, S. A. U.,
Travessera de Gràcia, 47-49. 08021 Barcelona

Printed in Spain — Impreso en España

ISBN: 978-84-666-6784-5
Depósito legal: B-1715-2020

Compuesto en M. I. Maquetación, S.L.
Impreso en EGEDSA
Sabadell (Barcelona)

BS67845

Penguin
Random House
Grupo Editorial

Cronología de la vida de Paquita Salas

1965

Nace Paquita Salas en Navarrete. Su madre, Fina, siempre la llamó «la Paca».

1982

Paquita se cae en clase de bailes regionales y se rompe un diente. La echan de clase. Aprende los pasos de baile mirando por la ventana.

En Navarrete, Paquita aprende a amar la televisión y a sus estrellas.

1988

Paquita funda PS Management en una oficina de Getafe.

1983

Paquita se muda a Barcelona para estudiar Periodismo.

Tiene una relación con Loquillo, ella era la Loquilla.

1989

Paquita conoce a Lidia San José cuando esta última tiene cinco años, en la peluquería de Azucena, su madre, en Getafe.

Paquita va al programa *Por la mañana*, donde conoce a Jesús Hermida. Allí se encuentra con la joven periodista Miriam Díaz-Aroca, a la que decide representar.

1991

Paquita se casa con el productor Paco Cerdeña.

1984

Se muda a Madrid para buscar trabajo y entra en la agencia de modelos de María José Poblador.

1990

Paquita le consigue un pequeño papel a Miriam en *Tacones lejanos*, luego en *Un, dos, tres* y en *Cajón desastre*.

1994

Paquita lleva a Miriam Díaz-Aroca hasta los Oscar con *Belle Époque*.

Paquita traslada su oficina de Getafe a una en el centro de Madrid (plaza de la Luna, n.º 1, tercer piso).

Fernando Canelón, un empleado de Telefónica, llega para arreglar el fax y acaba quedándose para ocupar el puesto de Carlota, la anterior ayudante de Paquita.

1996

Se divorcia del productor Paco Cerdeña.

1995

Conoce a María Rosa Cobo; desde entonces esta le echa las cartas al menos una vez al año.

1999

Paquita consigue para Belinda Washington el papel de madre del Orejones en *Manolito Gafotas*. La actriz también sustituye a Carmen Sevilla en *Telecupón*.

1997

Se estrena la serie *Al salir de clase*, en la que Paquita consigue un papel para Pilar López de Ayala.

1998

Conoce a Ana Obregón en la época en la que esta trabajó con Lidia San José en *A las once en casa*.

2000

Paquita consigue un papel para Lidia San José en *¡Ala... Dina!*.

2004

Paquita abre una página web para PS Management: www.psmanagement.com. Se inaugura el Festival de Comedia de Tarazona y el Moncayo. Paquita irá cada año.

Paquita descubre el Amadeo 1, a ocho kilómetros de Tarazona (casi en Borja), con los mejores torreznos de España.

Paquita entra en ARAE (Asociación de Representantes de Actores de España).

2002

Paquita consigue que Lidia participe en *Pasapalabra*; desde entonces sigue yendo periódicamente.

2009

Fernando Canelón deja a Paquita y monta su propia agencia de representaciones: Red Carpet.

Paquita contrata a la joven Magüi (María Luisa), que estudió Marketing en la UCM.

Paquita conoce a Macarena García y logra que trabaje en un episodio de *Hospital Central*.

2012

Paquita consigue para Macarena un papel en *Blancanieves*, la película muda de Pablo Berger, por la que recibirá el Goya a la mejor actriz revelación.

2014

Paquita y Magüi falsean unas fotos de Clara Valle con Photoshop; ponen su cara en la de Orlando Bloom. La estafa es descubierta y suscita un gran escándalo. Paquita lleva a Clara a casa de su madre en Navarrete.

Macarena García manda un mail para comunicar que deja PS Management. El mail se queda en la carpeta de Spam. Lo ven cinco días después.

Paquita y Magüi conocen a Mariona Terés en una obra de teatro. Mariona se convertirá en cabeza de cartel de PS Management.

Tras saber que Macarena ha dejado la agencia, Paquita empieza *la caza* de una nueva actriz 360º.

Aparece en la oficina Noemí Argüelles, una empresaria que les ofrece Divacel, un milagroso producto de cuidado personal que cura todo tipo de males.

2016-2017

Mariona Terés protagoniza *Cómete una mierda* de Eduardo Casanova, consigue la nominación al Goya a la mejor actriz revelación y se hace famosa. Después deja PS Management.

En 2018, PS Management comienza a tener impagos.

Paquita rompe sin querer un vaso canope Anubis valorado en 65.000 euros.

Contratan a Lidia San José en *El secreto de Puente Viejo*.

Magüi empieza a trabajar en B-Fashion, «el mejor *showroom* de España», con Bárbara Valiente.

PS Management quiebra y Paquita, agobiada por las deudas, vende la oficina a Piti Alonso.

Noemí vuelve a Nuevo PS y enseña a Paquita, Belinda y Lidia a utilizar las redes sociales.

Paquita decide fundar Nuevo PS, ahora gourmet, como la experiencia de El Corte Inglés.

Muere Fina, la madre de Paquita.

2018-2019

Belinda Washington hace un videoclip en el que ironiza sobre su vídeo haciéndose un dedo: «Cinco deditos». La canción se hace viral con más de cuatro millones de *views* en YouTube.

Se estrena la película *Hasta Navarrete* y es todo un éxito.

Prólogo

Superviviente

Por si alguien aún no me conoce, soy Paquita Salas y soy representante. Representante de actores, claro, aunque ahora con todo esto que se ha montado de los *influensers*, los *jeiters*, los *match*, los *laiks* y los qué se yo, pues una al final acaba por ser un poco representante de todo. A mí me gusta definirme como «representante de la vida». Se lo dije el otro día a Magüi: «Magüi, yo creo que lo que soy es una representante de la vida» y ella que me contestó: «Pues tienes toda la razón, Paquita. Porque lo que tú has vivido poca gente lo sabe».

A mí me gusta definirme como «representante de la vida».

Ahí fue cuando se me encendió a mí la bombillita. Porque, claro, la película de Belén de Lucas, *Hasta Navarrete,* ha quedado estupenda y ha sido un éxito total (no seré yo quien lo niegue), pero el personaje que dicen que está basado en mí, pues no soy yo. ¿Qué queréis que os diga? NO SOY YO. Que sí, que Juan Echanove hace un papelón y hasta reconozco un cierto parecido, pero también hay que dejar bien claro que mi vida tiene muchísimos más matices que la de esa histriónica con peluca. Yo soy Paquita Salas, la original, y por eso he pensado que ya va siendo hora de que la gente conozca mi historia al completo. Sin censuras. Al desnudo.

Porque se ha hablado mucho de actrices, directores, presentadoras, modelos... Pero ya es hora de mostrar quién está detrás de todo ese mundo de glamour y luces. La gente no para de preguntarse datos clave de mi vida y de PS Management, como son el descubrimiento de Macarena, cómo conocí a Paco Cerdeña o el porqué de ciertas enemistades que he mencionado a menudo. La gente quiere saber todo eso y he decidido que ha llegado el momento de correr el telón y mostrarle qué es lo que se esconde tras el escenario.

Debo reconocer que, al principio, lo de escribir una su propia biografía me parecía un poco ordinario. Yo prefería que lo hiciera algún escritor así importante como Mario Vargas Llosa, así que pillé por banda a la Preysler en el concierto que dio su hijo Enrique en Madrid hace poco. Yo con ella tengo muy buena relación porque a las dos nos rompió el corazón el mismo hombre (al que no quiero mencionar por respeto a ella) y porque, además, en mi mesa de Navidad no puede faltar nunca una bandeja piramidal de Ferrero Rocher. Por eso, me acerqué antes del concierto y le dije: «Hola, Isa, ¿qué tal estás? Tenemos que hablar tú y yo de un proyectito que tengo entre manos que va a ser un *beseler*. Tú vete avisando a Mario». Ella me respondió que no sabía bien, que Mario estaba muy ocupado ahora con otro de sus libros de dictadores centroamericanos y que a él lo de las biografías por encargo... como que no. En fin, ellos se lo pierden.

Después de aquello, decidí apostar por las mujeres. Me dije: «Vamos a ver, Paquita, es que tu biografía la tiene que escribir una Lucía Etxebarria, una María Dueñas, una Almudena Grandes». Pero ninguna quiso aprovechar semejante oportunidad. Lucía Etxebarria hasta se me ofendió y me dijo que de qué iba, que ella tenía un Premio Planeta. Yo traté de convencerlas ofreciéndoles toda la autoría del libro, porque mi intención era poner en la portada algo así como «La biografía no autorizada de Paquita Salas», como en la de Malú, que yo creía que era una buena estrategia de marketing. Pero, por lo visto, eso solo vende cuando haces cosas como liarte con el líder de Ciudadanos.

No me quedaba más remedio que ponerme a escribir yo misma estas memorias que el mundo necesita. Estaba un poco oxidada en lo del Office, pero Magüi me puso al día en un momento, y aunque iba lenta porque las putas teclas del ordenador no están diseñadas para las que ya empezamos a tener presbicia, he conseguido contar mi historia yo sola. Al fin y al cabo, ¿quién mejor que yo para hacerlo?

Además, lo de las autobiografías es lo que se lleva ahora. A la gente le encanta que le hables de primera mano. Que les ilumines con tu experiencia, así, directamente, como si les estuvieras confesando todo cara a cara, tomando un café con churros en el bar. Aunque tampoco hay que pasarse, como mi amiga Ana Obregón, a la que quiero mucho, pero cuya biografía, reconozcámoslo, no es muy buen ejemplo de nada. Porque aquello de que espió un Consejo de Estado de niña, escondida bajo una mesa; o lo de la paella aquella que le hizo a Spielberg, pues son un poco cosas de Anita la Fantástica.

> **A la gente le encanta que le hables de primera mano como si estuvieras confesando todo cara a cara, tomando un café con churros en el bar.**

Mi vida, como comprobaréis en las próximas páginas, ha sido por y para las estrellas. Llevo casada con esto desde que empecé a trabajar con María José Poblador en los años 80, y para mí no hay nada más importante que llevar a mis representados a lo más alto de la industria. Unas veces ha salido mejor que otras, pero siempre ha estado ahí *Pasapalabra* para compensar. Siempre hemos conseguido salir a flote.

Y es que os puedo asegurar que esta gorda que os habla ahora ha sido la número uno en el sector, la que tenía la más deseada carpeta de representados y una agenda de contactos que ya quisiera Roberto Carlos. Y lo va a seguir siendo porque Nuevo PS ha entrado con más fuerza que nunca, adaptándose a los nuevos tiempos.

Si ahora las estrellas son *fudis* y tienen que hacerse fotos comiendo lentejas para que la gente se vuelva loca, pues ahí estaremos nosotras en la agencia. Picando ajo, partiendo chorizo y poniendo a cocer la legumbre para que el Instagram de Lidia San José arda en cuanto la vean degustando las virtudes (cada vez más infravaloradas) del plato de cuchara español. Porque, entre lo que pasó con los «Cinco deditos» de Belinda y el fin de la polémica con Clara cuando nos enfrentamos a las cámaras en Navarrete, hay algo que hemos aprendido en esta agencia y es que lo primero que tenemos que ser siempre es fieles a nosotros mismos.

Estas memorias son un recuerdo de días pasados que ya no volverán, sí, aunque también un legado para los representantes del futuro, que podrán aprender las lecciones de una auténtica profesional que siempre se mantuvo firme en el *backstage*, ya fuera en los Goya, en Tarazona o en el plató de *Puente Viejo*. Pero, sobre todo, estas memorias, son una declaración de intenciones. Porque aún queda mucho PS y estoy dispuesta a que yo y mi gente volvamos a ocupar el lugar que nos merecemos en esta industria.

Por eso he decidido que no debo ser solo yo quien intervenga en esta historia. A lo largo del libro, encontraréis testimonios y colaboraciones de aquellos que han formado (y forman) parte de mi entorno, además de documentos adjuntos, fotografías y mucho contenido extra que ayuda a entender tanto sus vidas como la mía.

Porque, como ya he dicho antes, soy representante de la vida. Una vida cargada de emociones desde mi infancia en Navarrete, donde soñaba con las luces y el glamour del mundo del cine y la televisión, hasta el cumplimiento de ese sueño que era formar parte del *showbisnes*. Todo ello pasando por mi formación en el mundo de la representación, los mayores éxitos, los más injustos fracasos y aquellos datos personales que toda autobiografía que se precie debe tener y donde no faltan los líos amorosos, las amistades peligrosas y tantas otras cosas que le dan a nuestras vidas ese toque salado y jugoso, como un torrezno crujiente después de un duro día en la oficina.

PAQUITA SALAS

Mis referentes artísticos

Carmen Sevilla:
Si tú dices «Carmen», solo puedes pensar en una persona. Hay quien dice que si la ópera esa, que si Carmen Machi, pero NO. Si dices «Carmen», es «Carmen Sevilla», es Carmen de España. Esa mujer no solo es una pedazo de actriz, sino que también ha cantao, ha bailao y ha presentao como ninguna. La conocí una vez en el *backstage* de *Cine de barrio* y os puedo decir que, como persona, no la hay más grande.

Penélope Cruz:
El premio gordo. Quien tiene a Penélope controla la representación actoral de España (y puede que del mundo). Nosotros en ARAE nos referimos a ella como el Santo Grial, porque como actriz no hay nadie que se la compare. Muchas envidias le tienen, pero también un cariño inmenso, y yo ya lo veía en *Belle Époque*, le decía a la gente: esta chica va a ser grande. Y mírala, estrella internacional. OLÉ, PE.

Javier Bardem: Javi es, ante todo, un gran amigo mío. Él y yo hemos tenido nuestras juergas, como en la fiesta aquella de *Mar adentro* o en la gala de los Goya, que me hizo el favor de repartir las tarjetitas de Nuevo PS. Es un tío con carácter, eso es verdad, y un poco intenso ahí con la traca política que no para... pero es un actor como ninguno. Un hombre como Dios manda, sí señor. En Hollywood se lo rifan.

Macarena García: Ay, mi Maca, ¿y qué voy yo a decir de mi Maca? Aunque ya no la represente, lo del rencor no va conmigo y digo las cosas como son y es que Macarena García es una de las mejores actrices que hay ahora mismo en España. Y no lo digo porque fui yo quien la descubrió, sino porque salta a la vista. Está como un cencerro, pero tiene una mirada que te atraviesa el alma y te hace sentir de forma especial.

Natalia Millán: Natalia es una de mis referentes de actrices porque representa perfectamente lo que puede llegar a ser una actriz 360°. En televisión está en todo, que igual te hace un *Amar en tiempos revueltos* que un *Velvet* que un *Ministerio del tiempo*. Ahora por lo visto la han fichado en *Cuéntame*. Y encima, la tía sabe saltar en trampolín, que es una cosa que nunca sabes cuándo vas a necesitarla en un casting.

Roberto Álamo: Vamos a ver, Roberto es el hombre más atractivo de España y eso no deja margen a ninguna discusión. Está guapo hasta en *La gran familia española* y eso que hace de... Bueno, no sé cómo se les llama ahora para quedar bien. Y no solo porque sea MUY mi tipo (que lo es), sino porque tiene una voz, un aura, una manera de actuar que pone a mil a cualquiera. Roberto, si lees esto, ya tienes mi teléfono, así que llámame.

Kate del Castillo: México está lleno de unas estrellas impresionantes, pero ninguna (ni siquiera Salma Hayek) puede compararse con mi Kate del Castillo. Unas telenovelas, unas series me hace... Mira, yo me volví loca con *Ingobernable*. Loca me tiene esa mujer, con ese porte, ese acento. Una artistaza.

Artistas favoritos

Alaska: Olvido fue una de las primeras famosas que conocí en Madrid, allá por los 80, y desde entonces somos íntimas. Ya era muy fan de sus canciones y de *La bola de cristal*, pero es que ha ido de ahí para delante y ha conseguido lo que muchos de la movida no pudieron ni soñar: seguir en el ruedo. Y es que más de treinta años después, Alaska sigue sonando en las discotecas y colaborando en la televisión. Un orgullo.

Julio Medem: A este es que le quiero con locura. Hemos tenido nuestros rifirrafes, ¿eh? Sobre todo con aquel asunto de Najwa en *Lucía y el sexo*, pero nunca hemos dejado que nuestra vida laboral interfiriera en nuestra amistad. Además, es un director de la hostia, que en los 90 lo cambió todo y que ahora sigue al pie del cañón se diga lo que se diga de sus últimas películas. A mí *Caótica Ana* me parece una obra maestra y *Habitación en Roma* me puso hasta cachonda. Con eso os lo digo todo.

Fernando Colomo: Ay, Fernando, Fernando. A este le voy a dar yo. Que bien-bien que nos llevábamos y ahora mira, ni saludarme quiere. Eso sí, para mí sigue siendo un pedazo de director y que se le haya subido la fama a la cabeza con la trilogía esa que ha hecho con Mariona de los libros de Reverte no quita que a mí me robara el corazón con *¿Qué hace una chica como tú en un sitio como este?* El rockero me recuerda a Loquillo.

María Dueñas: Escritora igual no la hay en España. Yo *El tiempo entre costuras* lo habré leído ya como seis veces, pero chica, no me canso. Es tan bonito, tan trepidante... Lo tengo firmado por ella y todo. Y aunque, igual que otros tantos autores, decidiera desperdiciar la oportunidad de escribir mi biografía, a María se lo perdono porque es la única que de verdad lo ha hecho para centrarse en escribir literatura con mayúsculas.

Pedro Almodóvar:

Pedro es mucho Pedro. A mí es que con sus películas igual me hace reír que llorar, y a veces hasta las dos cosas a la vez, como me pasa con *Todo sobre mi madre*, que estaba yo en el cine que parecía bipolar. Me enorgullece haber llevado a varias actrices como Miriam Díaz-Aroca o Yohana Cobo que han participado en sus producciones, siempre vía su hermano Tinín, que me lo como de lo encanto que es.

Alfonso Albacete y David Menkes:

Menudos dos pájaros. Estos han cenado en mi casa y la de Paco ni se sabe las veces. Me dice Alfonso que macarrones con chorizo como los míos no los ha probado ni los probará nunca. Eran muy amigos de Paco, que hasta le metieron en los bajos del Strong; pero cuando lo dejé con él no perdimos el contacto. Me invitaron a la premier de *Mentiras y gordas*, que es un peliculón a su altura y a la de mi amiga, la guionista y exministra de cultura María Ángeles González-Sinde.

Julio Iglesias:

Me he prometido que no iba a hablar de él, pero es que si me preguntan por mis artistas favoritos pues no puedo evitar mencionarle. Qué voz, qué porte, qué sonrisa... No voy a dar más información de la necesaria, pero le conocía vía su padre (Papuchi) y guardo cierta relación con su exmujer, Isabel Preysler. Es un cantante como ninguno ha dado España (quizá Nino, que en paz descanse), pero al truhan le gustan más las mujeres que el vino. Eso os lo puedo asegurar yo.

Referentes de cine y televisión

A las once en casa. Una de las grandes series de la televisión de nuestra historia, de ella solo tengo buenos recuerdos por todo lo que supuso para PS Management. Lo mejor, el reparto; con Antonio Resines, Ana Obregón, Carmen Maura y mi gran Lidia San José. Gracias a esta serie fue como Ana y yo empezamos a ser amigas, y además supuso un gran éxito para Lidi, que con solo dieciséis añitos estaba con los más grandes.

Ingobernable. Como ya sabéis, soy una gran fan de Kate del Castillo, por lo que esta serie tenía que encantarme. Yo siempre he dicho que en el cine latinoamericano hay mucho talento, pero es que lo de México es ya el más alto nivel, qué bien se les da el drama, qué interpretaciones. Yo esta serie me la vi enterita en el móvil cuando fui a la playa de Bolonia, en Cádiz, que me conectó el móvil los datos con la línea marroquí y me salió cara la puta serie. Eso sí, mereció la pena.

Las chicas del cable. A mí esta serie me encanta, es así muy feminista, muy rebelde, que es lo que se lleva ahora, ¿no? De las cuatro principales, dos me caen genial, las otras dos... Pero vamos, que es una serie que ha puesto a España en el foco, que es lo que hacía falta.

¡Ala... Dina! En este país, la fantasía en las series de televisión se ha tocado poco, y eso es porque ¡Ala... Dina! puso el listón muy alto. Paz Padilla estaba bien, pero obviamente la revelación fue Lidia San José. Luego Paz se fue y la sustituyó Miriam Díaz-Aroca, que con la cosa de que era una brujita pues colaba, pero la verdad es que las comparaciones son odiosas...

Belle Époque. Qué decir de la peliculita de Trueba, que nos llevó a Miriam y a mí a la alfombra roja de los Oscar (bueno, y los Goya nos sobraban, éramos los populares de la fiesta). Y todo esto lo conseguimos gracias a que me empeñé en que Miriam saliera en *Tacones lejanos*. La verdad es que las cuatro chicas están genial, pero mi Miri, la mejor.

Un franco, 14 pesetas. Yo siempre he dicho que la comedia es mi género favorito, no me escondo, pero es que además *Un franco, 14 pesetas* es de mis películas preferidas. Que luego además tuvo una segunda parte desconocida, *2 francos, 40 pesetas*, donde yo conseguí meter a mi representado Jorge Roelas, y así conocí a Carlos Iglesias, el director de las dos películas, que le pedí que me firmara un autógrafo.

Al salir de clase. La cantera del cine español. Aquí conseguí yo meter a Pilar López de Ayala cuando tenía veinte añitos. La verdad es que al principio no tuvo mucho éxito, pero luego consiguieron conectar con el público joven y remontó. Yo fui quien les dio el consejo de que, si no encontraban actores jóvenes, metieran a mayores de veintiocho años. Les propuse a Carmen Morales, me hicieron caso y la cogieron.

Rumbos. La película de Manuela Burló, la chica del corto de las pipas, muy maja y un poco desconocida pero que es promesa del cine español. Yo la conocí porque metí a Pilar López de Ayala en la película, y la verdad es que al principio me pareció un poco nerviosilla, pero luego le coges el ritmo. La película muy bien, era así como muy curiosa, con el truquito este de cruzar las historias...

Villaviciosa de al lado. Otra gran comedia española y además muy reciente, todos los actores están de lujo; pero por supuesto la que más, mi Maca. Bueno, y Carmen Machi como siempre genial, yo siempre he dicho que en nuestro mundillo si dices «Carmen» automáticamente piensas en Sevilla, pero si la Machi sigue así, le va a quitar el puesto. Bueno, tampoco voy a exagerar.

El secreto de Puente Viejo. Muchos menosprecian esta serie, pero a mí me parece que lo de *El secreto* es una cosa muy digna. Sí que me han dado problemas alguna vez por un actor mío con mucha pluma, pero vamos, nada importante. Si *Al salir de clase* era cantera en los 90, *El secreto de Puente Viejo* lo es ahora. Además, como representante siempre es un buen recurso para salir del atolladero; llamas a Josep Cister y listo.

1965-1983

Navarrete: el nacimiento de Paquita Salas

Bueno, a ver por dónde empiezo... Es que se me vienen todos los recuerdos así de golpe en la cara y, claro, una se emociona. Es cierto que en la peliculita de Belén se habla mucho de Navarrete, mucha metáfora, mucha alegoría, ¿no? Allí es donde Susana, que hace de Clara, termina su viaje. Para ella es el final, pero para mí..., para mí Navarrete fue el principio y de ahí no he hecho otra cosa que ascender: Barcelona, Getafe, Madrid, Los Ángeles, Ciudad de México... Bueno, y Tarazona, por supuesto. He de decir, porque lo tengo que decir, que en la película se ha estilizado mucho lo que es Navarrete, se nota que la chica no lo ha pisado en su vida, pero bueno, para eso está Paquita, para contaros el Navarrete real, el que yo viví.

Yo nací la noche del 15 al 16 de agosto de 1965, el mismo año que Belén Rueda, Santiago Segura o Sergi López (que, por cierto, increíble lo que enseña en *Los últimos días del mundo*, madre mía); un año con una gran cantera para el cine en España... Pues resulta que eran las fiestas del pueblo, allí se celebra mucho la

Virgen de la Asunción y San Roque (luego hay otras en invierno, pero esas son un poco más cutres), por lo que, al parecer, mis padres estaban de parranda en unos puestecitos que habían colocado en la plaza. Mi madre, que estaba un poquito borracha, rompió aguas allí mismo. Y claro, como a esa hora estaba todo parado, la llevaron a casa y me parió en la bañera; cuando me sacaron, me dieron un agua y hala, a vivir.

Navarrete es famoso por su producción de alcachofa, pimiento y melocotones. Así tengo la piel, mirad, mirad las fotos: ni un poro abierto, no miento. Es cierto que tiene buena gente e industria, aunque también hay algún hijo de puta. Pero vamos, que no le guardo rencor a nadie... Paquita perdona, pero no olvida, eso sí, lo del verano del 75 no estuvo bien. Gritar «maremoto» cuando alguien se tira a la piscina no es gracioso, pero bueno, el tiempo ha puesto a cada uno en su sitio, ¿eh? En fin, que me pierdo.

Una cosa importante es que el navarretano de nacimiento maneja las dos uves: vasijas y vino. Si no sabes hacer un botijo, en Navarrete no eres nadie. Yo misma, con estas manitas que tengo, antes de firmar contratos de grandes producciones estaba moldeando arcilla. Lo que Maca le hacía al rockerillo era un juego de niños comparado con la alfarería navarretana. Mi madre me encargaba que hiciera objetos que luego vendíamos por el pueblo. Lo que mejor se me daba eran los morteros, porque moldeaba muy bien la forma. Hice cientos, hasta que un día mi madre se cansó de venderlos y me quedé yo todos los que había por casa, que luego de más mayor les di su uso.

La verdad es que si hablo de mi infancia, tengo que hablar de mi madre, porque mi padre, bueno... Yo era muy pequeña, así que no me acuerdo de nada. Dicen, comentan por el pueblo (porque mi madre nunca quiso hablar del tema conmigo), que mi padre abandonó a mi madre. Al parecer, mi padre la conoció cuando llegó al pueblo, de joven. En ese momento, ella tenía una tienda donde vendía productos de arcilla y ganaba mucho dinero. Él era un pobre diablo que no tenía nada, pero mi madre le dio trabajo y le enseñó a moldear. En poco tiempo se enamoraron y luego me tuvieron a mí, pero con el embarazo mi madre perdió atractivo y un día, diciendo mi padre que salía a por tabaco, no volvió. Cosa que no entiendo, porque al parecer mi padre no fumaba. Poquito después dijeron que le habían visto con otra en el pueblo de al lado, pero mi madre pasó página y nunca más hizo mención del asunto.

Y así es Fina, mi madre, una mujer dura como la piedra. Ella solita me crio sacándose las castañas del fuego, sin quejarse ni hacerse la víctima. De ella aprendí a ser resolutiva, a no rendirme y a aprovechar cualquier oportunidad para salir adelante. También aprendí algo muy importante que ella me repetiría hasta el final de sus días: la lealtad. De nada sirve triunfar si no eres leal, hay que saber de dónde vienes para entender dónde estás. Una puede tener talento, pero siempre hay alguien que te hizo ese favor o que te dio ese consejo que te faltaba. A mí también me ayudaron y eso no se olvida.

Eso es lo bueno que me aportó mi madre, que la verdad son valores que le agradezco mucho y que me han acompañado en toda mi carrera; pero claro, no es oro todo lo que reluce. Fue una madre muy exigente; nunca era suficiente. Si yo conseguía algo, ella quería más. Así tengo yo ahora la ansiedad que tengo, por eso comí siempre tanto desde que era pequeña, porque tenía ansiedad. Yo fui una niña sufrida, las cosas como son. A veces me metía debajo de la cama con un pepito de crema y era el único momento del día que respiraba. De hecho, ahora mismo, mientras escribo esto, estoy con unas porras y con un litro de chocolate porque yo sabía que este tema me iba a alterar, es que lo sabía. Es ponerme así y tengo que comer, no puedo evitarlo.

Otra cosa es que siempre se empeñó en llamarme «la Paca», cosa que yo no soportaba y que me causó mucho dolor. «La Paca», es que suena a algo grande, como orondo. «Paquita», mamá, «llámame Paquita», le decía yo, y la hija de puta siguió llamándome «la Paca» hasta que se murió. Pero bueno, tranquilidad, tranquilidad, yo fluyo. Me termino las porras y ya está.

«Paquita», mamá, «llámame Paquita», le decía yo, y la hija de puta siguió llamándome «la Paca» hasta que se murió.

Está muy bien lo de ser dura y no hacerse la víctima, pero a mí me creó un complejo con eso de no poder cometer errores. Así lo pasé de mal con todo lo de PS Management. La primera vez que yo entendí que no podía fallar fue cuando me apuntaron a unas clases de bailes regionales en la Escuela de Danza y Folclore con mi amiga Charo, que más adelante os hablaré de ella. Mi madre tenía mucha fe puesta en eso, decía que si se me daba bien podría incluso competir en los grandes concursos de La Rioja, donde va la élite. Total, que en la primera clase, estando yo con el resto de las niñas, teníamos que hacer una pose en la que había que levantar una pierna y girar sobre una misma... Evidentemente, me caí, ¡¡eso estaba puesto ahí a mala leche!! ¡¡Era el primer día!! La profesora quería echarme, yo estoy segura; fue entrar y me sentenció. Pues perdí el equilibrio, me caí de boca empujando a una niña y me partí un diente, vaya que si me lo partí... Como que hay un punto del parqué de la escuela que sigue hundido. Cuando estaba en el suelo, intentaron levantarme, pero dijeron que no podían, por mi peso. Yo esto no me lo creo, porque una cosa es que estuviese un poquito rellenita y otra que fuese una foca marina. Vamos, que aquello estaba pactado seguro, seguro. Me echaron de las clases; era un peligro para las demás niñas, dijo la hija de puta de la profesora. Esa misma, años después, cuando yo estaba en los más alto con PS Management, vino a mi oficina a pedirme trabajo; que había cerrado la escuela, que no tenía dinero, que ella podía enseñar a mis actrices a bailar, que eso vendía mucho... Digamos que, esta vez, el portazo se lo di yo.

Y aun así, ¿me rendí cuando me echaron de las clases? No, Paquita nunca se rinde. Ese mismo día, al llegar a casa, le dije a mi madre que todo había ido estupendamente. Desde entonces, cada miércoles por la tarde, me ponía fuera de la escuela, junto a la ventana, y miraba a las chicas bailar mientras imitaba sus pasos para aprender. Después, al llegar a casa, le enseñaba a mi madre lo que había aprendido. ¿Fui la mejor en bailes regionales? No. ¿Competí en los grandes concursos de La Rioja? No soy estúpida. Sin embargo, mi madre se quedó contenta y yo ahora puedo hacerte un par de pasos. Moraleja: si no te admiten en un sitio, coges tus cosas, te vas y aprendes por ti misma.

Hay gente que, cuando habla de su pasado en el colegio, lo hace con cariño y nostalgia; digamos que yo no puedo hacer lo mismo... Hay niños muy hijos de puta y no se está hablando lo suficiente de esto. Yo tengo una teoría: el adulto que recuerda el colegio con cariño era un hijo de puta o amigo de un hijo de puta, y esto es así. El niño que era un cabrón de pequeño es un cabrón de mayor. Porque claro que yo era una diana: gordita, sensible y especial. «Paquita la gordita», «Paca la vaca» y demás insultos y vejaciones que no repetiré porque no lo merecen. Esos sí que eran *jeiters* y no lo que hay ahora, que son cuatro tontos aporreando un teclado. Obviamente, yo no me rendí; siempre he sido una mujer fuerte y con carácter. A muchos les callé la boca y, a ver, ¿dónde están ahora? ¿¡Dónde están!? ¡Que yo los vea! Eso quisiera saber yo, porque cuando una puede plantarles cara de verdad, ya no están.

Sin embargo, he de decir que no fue todo malo, también tuve mis amigas y confidentes, entre las que tengo que nombrar a Charo, amiga íntima hasta día de hoy, que me ayudó siempre que lo necesité. Con Charo recuerdo volver del colegio e irnos juntas a casa a merendar, mi madre nos ponía tostadas con aceite y azúcar. En esa época no existían dietas ni hostias; ahora todo te mata o contamina. A nosotros nos cebaban como a cerdos y no pasaba nada, hemos salido perfectamente. La merienda era un acontecimiento, no como ahora, que te tomas un Phoskitos y ya es mucho. Recuerdo los sándwiches de galletas María con mantequilla, las tostadas con mantequilla de Soria, el pan con membrillo y miel y, por supuesto, la omnipresente leche condensada. Si algo te quedaba un poco pobre: leche condensada. La leche condensada lo arreglaba todo. ¿Que ese día te habían insultado en el colegio? Leche condensada. ¿Que tenías una depresión incipiente? Leche condensada. ¡Ni psicólogos, ni medicaciones, ni hostias!: leche condensada.

Después de merendar, siempre jugábamos con las FAMOSA (del nombre de estas muñecas aprendí la importancia de una buena identificación para tu marca, porque si os digo «Fábricas Agrupadas de Muñecas de Onil Sociedad Anónima», os asustáis, pero FAMOSA tiene gancho), los Juegos Reunidos de Geyper, los juguetes de Exin (como el inolvidable Cinexin, que fue mi primera super-8; con ella, Charo y yo jugábamos a rodar películas en las que ella actuaba y yo la dirigía) y todos los juguetes de la Señorita Pepis. También veíamos mucho la televisión, que en ese momento acababa de llegar a mi casa, y estábamos enganchadas a programas como *Los Chiripitifláuticos*, *El gran circo de TVE* (con la increíble familia Aragón) o el *Un, dos, tres... responda otra vez*.

Hablando de lo que veíamos en esta época, recuerdo que en noviembre de 1975 ver TVE era un auténtico coñazo. Resulta que como Paquito estaba en el hospital, interrumpían todo el rato la programación para anunciar su estado. Estabas de lo más entretenida viendo cualquier programa y te lo cortaban para decirte cómo había pasado el día. Yo tenía diez años y no entendía nada, pero ya le cogí manía. Hay una leyenda muy graciosa de esa época, y es que como en TVE estaban acojonados y no sabían qué coño poner, la madrugada del 20 de noviembre emitieron un documental de pingüinos llamado *Es duro ser pingüino*, que la gente entendió como un mensaje en clave para dar a entender que el señor este había muerto por fin. Cuando pasó, yo estaba dormida, pero a la mañana siguiente mi madre me despertó y me dijo: «Paca, sigue durmiendo, hoy no vas a clase». Yo le pregunté que por qué, a lo que ella me respondió que Franco había muerto. Me quedé unos segundos en silencio, pero después me di la vuelta y seguí durmiendo. La verdad es que me vino genial, hacía un frío en Navarrete que a ver quién salía de la cama. Además, luego la televisión volvió a la normalidad y con los años llegaron programas mucho mejores; todo fueron ventajas.

¡Ni psicólogos, ni medicaciones, ni hostias!: leche condensada.

Otra cosa que recuerdo de esos días es ver a mi tía Adela salir de casa por primera vez en mucho tiempo. Ella vivía encerrada porque en el pueblo siempre la habían llamado «puta» y «loca mal follada» por ser demasiado *liberal*. Verdad es que mi tía Adela era muy fuerte. Mi madre siempre me dijo que no hiciera mucho caso de lo que decía, pero era imposible no escuchar a Adela. Como era un poco rojilla, ella decía que Logroño tenía que independizarse del régimen, por lo que pasó una temporada en la cárcel. Bueno, pues días después de la muerte de Paquito, salió de casa emperifollada como un pavo real, maquillada hasta el moño, muy provocativa y arrastrando una maleta. Que se iba a Barcelona, que iba a luchar por la independencia allí, que ahora era el momento y que estaba hasta el coño de Navarrete. La gente alucinó, claro, pero ella se montó en el bus, escupió al suelo y desapareció.

Por esa misma época, cuando yo estaba terminando la EGB, me ocurrió algo con una chica. Tiempo después, me di cuenta de que esa fue la primera vez que yo representé a alguien. Ella se llamaba Leire, pero en el pueblo todos la llamaban la Garfia, porque le faltaba una mano. Quizá yo la llamé también así alguna vez, tenía su gracia, pero me arrepiento de aquello y aprovecho este libro para pedir perdón públicamente a Leire, la Garfia. Lo que ocurrió es que por esa época, en el colegio se había abierto un club de teatro muy popular al que íbamos por las tardes, y querían que los niños representáramos una versión *lait* de *Romeo y Julieta*. En aquel momento se formó mucho revuelo en el pueblo porque todos los niños querían el papel de Romeo y las niñas, el de Julieta; los afortunados que lo consiguieran serían los más populares. Yo, que en aquel momento pensaba que quería ser actriz, me presenté a la prueba para el papel de Julieta. Tendría trece o catorce años y la verdad es que lo bordé, pero el calvo con pluma del profesor me dijo que no daba el perfil. A ver, ¿qué perfil? ¿¡Cuál es el perfil de Julieta para que no pudiera hacerlo yo!? ¡¡Tú eres maricón y yo estoy gorda, y por eso nunca vamos a protagonizar esta obra!! Le tenía que haber dicho eso, pero claro, aún era muy pequeña y no sabía moverme bien.

Bueno, que me pierdo otra vez, perdón, perdón. Cuando me rechazaron me fui de allí con la cabeza muy alta, pero después de mi prueba entró Leire, muy nerviosa, y me quedé a ver cómo lo hacía. Fue espectacular, lo hizo mejor que todas las niñas que nos habíamos presentado: Julieta era ella. Pero el profesor le dijo lo mismo que a mí; Leire no daba el perfil. En ese momento me subió un calor desde los pies hasta la cabeza y supe que tenía que hacer algo, no podía permitir esa injusticia. Salí al escenario, me coloqué junto a Leire, agarré la separata de *Romeo y Julieta* y se la tiré a la cabeza al calvo pedante. Le monté un pollo impresionante delante de alumnos, padres y profesores, dejándole en evidencia. No le quedó otra que aceptar a Leire, que hizo la primera Julieta manca de la historia y brilló como nadie. Cuando hice eso, yo no quería ser representante de actores, ni siquiera sabía que eso existía; de hecho, tardé muchos años en volver a situarme en el mismo punto, pero aquella experiencia fue como una semilla que cultivé y creció tiempo después. Estaba hecha para eso. Quizá yo no sería nunca Julieta, pero sí podía conseguir que otras lo fueran.

De ese mismo año recuerdo con mucha emoción el verano porque descubrí algo con lo que me casé para el resto de mi vida. Era el año en el que terminé la EGB y empezaría el BUP, por lo que fue un momento muy importante para los de mi generación, pero para mí estuvo marcado por algo más. Pusieron en mi pueblo un cine de verano; al principio no tuvo mucho éxito, pero poco a poco se hizo popular, hasta que todo el pueblo se reunía allí por las noches. Yo tenía catorce años y la primera película que vi allí fue

Tigres de papel (que ya la habían estrenado unos años antes), de Fernandito (Colomo), que después sería amigo íntimo mío. Allí estaba Carmen Maura, dando guerra con treinta años y, claro, yo me quedé embobada viéndola. Desde ese día, acudí al cine cada noche durante todo el verano, fascinada por la gran pantalla y las estrellas que ponían en pie esas películas.

Recuerdo también admirar lo que hacía Ana Torrent en *El espíritu de la colmena* y en *Cría cuervos*, donde aprendí que los niños podían ser grandes actores, algo que pondría en práctica años más tarde en PS Management. De hecho, culminé mi sueño de esa época en 1994, cuando conocí a Carmen y Ana por la película *El palomo cojo*, ya que yo conseguí que Miguel Ángel Muñoz actuara en ella con once añitos. Bueno, y cómo olvidar el miedo que sentí con *¿Quién puede matar un niño?*, de Chicho Ibáñez Serrador. Recuerdo que cuando la vi por primera vez, me meé encima. De ahí me quedó ya un trauma para el resto de mi vida con el cine de terror, porque yo siempre fui más de comedia. Películas como *Los energéticos* o *Los bingueros*, de Mariano Ozores, con Pajares y Esteso, me marcaron. Fueron años de cantera para el cine español. En el 80 debutó un jovencísimo Trueba con *Ópera prima*. Años después lo conocería personalmente en la época de *Belle Époque*, llevando yo a Miriam.

Ahora que Almodóvar ha hecho *Dolor y gloria*, me acuerdo de que menciona que el cine a él le huele a «jazmín y orines»; bueno, pues a mí me huele a tocino frito. Había allí un puestecito donde el padre de Arturo, el futuro dueño del Bar Estrella que sería amigo íntimo mío, vendía torreznos. Recuerdo la primera vez que los compré con mi madre y el momento en que cogí uno y me lo llevé a la boca. Aquello fue una explosión para todos mis sentidos, estaba en su punto de jugosidad justo y me enamoré. Desde entonces, siempre que voy al cine, yo no pido palomitas, eso me parece una horterada americana, yo voy siempre con mi bolsita de torreznos. Así, para mí quedaron siempre ligados el cine y los torreznos, son las dos caras de la misma moneda.

Por esta época hacía ya años que teníamos televisión en mi casa, pero nunca le había prestado tanta atención como hasta ese momento. Me enganché a *Verano azul* como nadie. Estaba obsesionada con María Garralón, que luego la conocí cuando metí a Lidia San José en *Farmacia de guardia*, y también con Juanjo Artero, que, por cierto, nació el mismo año que yo y en ese momento me gustaba un poquito... Bueno, quien dice en ese momento, dice siempre. Me encantó cómo lo hizo en *El barco*, qué bien le quedaba el traje, qué porte, qué voz... Siempre quise llevarlo, pero dicen que no es fácil. También era muy seguidora de Mayra Gómez Kemp, que hizo el *Un, dos, tres* y *Sabadabada*, una mujer que demostró ser mucho más que una presentadora. Con ella sentía lo mismo que cuando veía cualquier película; cuando aparecía en plano, los ojos se te iban automáticamente a ella y no podías quitar la mirada (y qué bien se coordinaba con Chicho).

Siempre que voy al cine, yo no pido palomitas, eso me parece una horterada americana, yo voy siempre con mi bolsita de torreznos.

Yo estaba enganchada a las historias que nos contaban como todos los demás, pero había algo que a mí me mantenía pegada a la pantalla que iba más allá. Mientras veía fascinada aquellos programas, series y películas, me planteaba cómo era todo eso posible, quién estaba detrás de la cámara, de dónde salían esas actrices tan maravillosas y qué hacían cuando la cámara se apagaba, a dónde iban, cómo se encontraban, si estaban felices, satisfechas o todo lo contrario... Me di cuenta de que el mundo de detrás de las cámaras me resultaba tan interesante o más como lo que había en la pantalla. Sin saber muy bien cómo, ni cuándo, ni dónde, entendí que ese era mi mundo y que tenía que llegar hasta él de cualquier forma. Así fue como la televisión y el cine me salvaron del aislamiento y del acoso de los niños en Navarrete. Fue una forma de levantar los pies del suelo y soñar con que vivir otra historia era posible.

En 1982, yo ya estaba en segundo de BUP, que los más pequeñines no sabrán a qué me refiero, pero es como el bachillerato de ahora. Tenía diecisiete años y, claro, a esa edad una está..., pues pensando en otra cosa. Fueron los años en los que di mis primeros besos y tuve mis primeras experiencias con chicos, aunque la virginidad no la perdí en Navarrete, eso es algo que os contaré más adelante. El caso es que aquello fue un descubrimiento que despertó a una leona, porque yo siempre he sido muy fogosa, muchos hombres pueden confirmarlo. Recuerdo que, más o menos con trece añitos, me manché el pantalón del pijama por la entrepierna con tomate y, al frontarme con un paño húmedo para limpiarlo, sentí un cosquilleo. Y froté y froté, vaya que si froté. Yo sentí que había descubierto algo que me acompañaría para el resto de mi vida: tenía un coño y estaba para darme placer. ¿Recordáis los morteros de cerámica que hacía para mi madre y que sobraron? Con un baño de barniz eso funcionaba de lujo.

Lo cierto es que durante mis primeros años de adolescencia yo no ligaba nada, pero en poco tiempo entendí por qué y es que la clave para ligar, como todo en esta vida, es el nicho. Quien tiene claro su nicho, tiene un sitio donde estar. Hay que saber cuál es tu nicho, todos tenemos uno, solo hay que encontrarlo y explotarlo. Os contaré cómo lo viví yo para que lo entendáis.

Yo siempre fui una niña gordita y debido al acoso que recibí por esto siempre intenté ocultarlo. Cuando salía con mis amigas o íbamos a una fiesta, me ponía ropa más ancha para esconder lo que yo era, pero claro, eso era absurdo porque todo el pueblo sabía que yo estaba gorda. Nunca iba a ligar con los chicos a los que no les gustaba mi cuerpo, lo ocultase o no, y pretenderlo era absurdo. Fue entonces cuando conocí a Pepe, el que ha sido mi amante de confianza en Navarrete desde siempre, que después sería el marido de Charo. Eso sí, cuando yo le descubrí, Charo y él ni se hablaban... Lo de mantener nuestro lío en el tiempo fue ya por no perder la costumbre. El caso es que Pepe se enamoró de mí en cuanto me vio. Una noche, durante las fiestas del pueblo, me agarró de la mano y me llevó hasta la plaza Francisco Franco, donde nos dimos nuestro primer beso. Yo, alucinada por la atracción que sentía por mí, le pregunté por qué era, y él simplemente me dijo que de siempre le habían gustado las chicas como yo. A Pepe, como a muchos otros hombres, le gustan las chicas gorditas y para ligar con esos yo no tenía que hacer nada. Con él me quedé porque es un gran amante; la tiene grande y se corre mucho, como a chorros. Siempre que iba a verle me llevaba un paquete de ochenta toallitas húmedas y las gastábamos todas, porque además yo tengo mucho flujo. Aquello era las fuentes de la Granja de San Ildefonso...

Así entendí que el problema no es que yo estuviera gorda, sino que pretendía ligar con incompetentes que nunca iban a saber apreciar lo que yo era. Yo estoy gorda, sí, ¿¡y qué!? Si no era por gorda, iba a ser por otra cosa, aquí nadie es perfecto, así que acéptate tal y como eres y empieza a vivir. Y esto no vale solo para una gorda, vale para cualquiera; ya seas hombre, mujer, blanco, negro, rubio, bajo, delgado, con ojeras o con rizos, tienes que saber encontrar cuál es ese nicho de población que te desea y atacar ahí. En unos sitios no valdrás un duro y en otros serás un manjar; todos somos una belleza dependiendo de dónde preguntes. Esto es algo que más tarde extrapolé a la representación de actores, si tu actor no es 360° no puedes pretender meterle en cualquier sitio. Encuentra qué se le da bien y preséntale solo para proyectos que sean de ese género o tono. Hay mucho payaso por ahí intentando hacer drama y mucha dramática pretendiendo hacer reír y mira, no, has de saber cuál es tu lugar. A partir de ese momento, me quité todos los complejos y no paré de liarme con los chicos de mi pueblo. Como dije antes, sexo, lo que es sexo, no tuve en Navarrete. Sí hubo alguna pajilla en el teatro, pero vamos, nada serio.

En unos sitios no valdrás un duro
y en otros serás un manjar; todos somos una belleza
dependiendo de dónde preguntes.

En estos años de amantes y primeras experiencias me mantuve entretenida un rato, pero enseguida volví a aburrirme, y para cuando estaba terminando BUP, yo quería salir de Navarrete de cualquier forma. Me estaba convirtiendo en una mujer y necesitaba vivir experiencias. Allí me asfixiaba. Por aquel entonces yo quería estudiar Periodismo para así poder empezar a acercarme al mundo de la televisión, pero claro, en Navarrete me iba a comer una mierda y mi madre me dijo que me fuera a estudiar a Logroño, pero yo le dije que a Logroño no me iba ni de coña. ¿¡Qué hago yo en Logroño!? ¡¡En la vida se ha ido alguien a Logroño voluntariamente!! Yo estaba de los nervios porque no sabía qué hacer. Irme de Navarrete era un paso importante y me daba miedo hacerlo sola. Pero entonces, cuando parecía que me iba a quedar allí para siempre, apareció una persona que había olvidado, pero que en el fondo siempre estuvo en mi inconsciente: mi tía Adela.

Adela siempre fue un torrente de mujer. Años más tarde, cuando monté PS Management, le ofrecí representarla y moverla como actriz, pero me dijo «mi espíritu es libre y no se puede captar con las cámaras». Yo no la recordaba muy bien porque se fue de Navarrete cuando yo tenía diez años. La última imagen que tenía de ella era escupiendo al suelo antes de montarse en el autobús. Había vuelto porque quería vender su casa, que la dejó allí cuando se fue y seguía intacta. Como estábamos en agosto y justo era mi cumpleaños, decidió celebrarlo conmigo y con mi madre durante las fiestas del pueblo. Pues esa misma noche, contándole a mi tía el problema que tenía, me dijo que me fuera con ella a Barcelona a vivir, que tenía una pensión allí y que podía quedarme mientras estudiaba. «Eso sí, niña, yo no voy a cuidarte. Barcelona es muy jodida y tendrás que sobrevivir tú solita». Mi madre, que siempre le tuvo manía a su hermana por lo *liberal* que era, se puso hecha una furia y la echó de casa. «¡No le metas tus ideas a la Paca en la cabeza!» Lo que mi madre no sabía es que la idea de irme de allí llevaba ya mucho tiempo en mi cabeza; mi tía simplemente la convirtió en una oportunidad.

Este fue el momento en el que la tensión que siempre había tenido con mi madre terminó de explotar. Cuando le confirmé que me iría a vivir a Barcelona con mi tía, se enfadó tanto conmigo que me retiró la palabra durante días. La verdad es que siempre tuvo un pronto tremendo; menos mal que yo, con el tiempo, he sabido controlarme mejor que ella... Lo que le pasó a mi madre es que se tomó mi decisión como un abandono, igual que se tomó lo que le hizo mi padre a ella cuando yo nací. Me dijo que era una desagradecida y que me iba porque ella ya no tenía nada que ofrecerme. «Yo te enseñé a ser leal, y ahora me tiras como un juguete roto», decía y aquello se me clavaba como un puñal. Qué daño hacía la hija de puta cuando quería, eso sí que lo heredé de ella, sí.

En su momento no entendí por qué a mi madre le dolió tanto aquello. Al fin y al cabo, estaba en todo mi derecho de irme y de ser libre; era lo que tenía que hacer. En Navarrete yo me hubiese asfixiado. Pero hay cosas que solo las entiendes cuando pasan los años y el tiempo te pone en el lugar de esa persona a la que no comprendiste. Cuando Maca me dejó para buscar un representante que le diera mejores oportunidades, entendí la traición y el abandono que sintió mi madre. En aquel momento odié a Maca como antes mi madre a mí, y solo me salía repetir sus palabras, pero con el tiempo llegué también a entender a Maca. Que alguien te deje, de cualquiera de las formas, es una putada, sí; pero la gente tiene derecho a irse. Tan lícito es querer irte como odiar a la persona que lo hace; lo importante es darte cuenta a tiempo de por qué lo hizo. Mi madre se murió sin entenderme, pero no le guardo rencor. La vida es abandonar y ser abandonado.

La despedida en la estación de Logroño fue fría, aunque luego se fue serenando con el tiempo. Pero bueno, hija, ¡yo no puedo estar detrás de la gente!; una tiene que pasar página. Así fue como, en 1983, con una maleta enorme y una bolsita de torreznos, me monté en el autobús rumbo a Barcelona y comencé una aventura que me llevaría al lugar donde estoy ahora.

Mis recetas favoritas

Las torrijas de Paquita Salas

Ingredientes para las torrijas

1 barra de **pan duro**

1000 ml de **leche de avena**

1 **limón**

1 **naranja**

120 g de **azúcar**

1500 ml de **aceite de girasol**

3 **huevos**

Hay quien dice que estas medidas son para cuatro personas, pero yo esto me lo hago para mí sola.

. . . .

Una buena maestra #fudis debe tener un postre en condiciones que ofrecer a sus invitados. Esta receta la he adaptado un poco a los tiempos de ahora; se trata de unas torrijas a base de leche vegetal. Esto viene genial para los amiguitos de los animales y aquellos que están preocupados por el colesterol, porque ahora en Nuevo PS todo lo hacemos inclusivo y además sabemos que a ciertas edades el corazón no perdona (#infarto).

A ver, lo primero que necesitáis es poner un cazo al fuego con la leche de avena y la piel de un limón y de una naranja. Añadimos también un par de cucharadas de azúcar. Justo antes de que eche burbujitas, la retiráis del fuego para que enfríe. Entonces pasamos la leche por un colador y descartamos la piel del limón y la de naranja. Después cortamos el pan en rebanadas y las colocamos en una bandeja profunda. Una vez que tengáis la leche fría, cubrid las rebanadas de pan y esperad hasta que se empapen por completo con esta deliciosa infusión de leche de avena, limón y naranja. Aquí es cuando cascáis los huevos y con una varilla batimos bien, que se note que tenéis entrenada la muñeca. Con mucho cuidado retiramos las rebanadas de pan de la leche porque se pueden romper y no queremos eso, ¿verdad? Entonces pasamos las rebanadas por los huevos batidos y vamos friendo las torrijas poco a poco en aceite caliente. Mi madre las freía en aceite de girasol porque no había para más, pero yo lo hago en aceite de oliva virgen extra porque aquí somos #gourmet y no hay que ser cutre. Cuando estén doradas retiradlas del aceite y dejadlas escurrir sobre papel absorbente para eliminar el exceso de grasa (o no, a mí me gusta que chorreen).

Los muslos de Paquita Salas

· ·

Ingredientes para los muslos

4 **muslos de pollo**

1 cucharadita de **pasta de guindilla**

3 cucharadas de **passata de tomate**

½ cucharadita de **vinagre de Jerez**

½ vaso de **vino tinto**

6-8 **tomates cherry**

Pimienta negra

Sal y aceite de oliva virgen extra

Paolo Vasile le echaba una salsa italiana pija que le
traían de importación, pero yo eso lo cambié por mostaza
y quedaba de lujo.

· ·

Esta receta la aprendí a hacer en casa de Paolo Vasile porque me la
enseñó él, lo que pasa es que yo luego la modifiqué con un ingrediente
especial. Al principio decidí llamarla «Los muslos de Paolo Vasile» en
su honor, pero él se enfadaba cada vez que lo decía así que lo dejé
en «Los muslos de Paquita Salas». Es muy sencilla.

A ver, lo primero es precalentar el horno a 200 ºC. Mezclamos en un
cuenco la pasta de guindilla, la passata de tomate, el vinagre de Jerez y la mostaza. Embadurnamos bien cada pieza de carne con esta
mezcla, pero que quede bien empapada, no os cortéis. Mientras, vamos calentando un poco de aceite de oliva en una sartén. Doramos
los muslos de pollo por cada lado y regamos con el vino, dejamos
que evapore el alcohol y añadimos un golpe de pimienta negra recién molida. Incorporamos los tomates y horneamos durante unos
20-25 minutos, hasta que los jugos caramelicen y el pollo esté bien tier-
no. Y ya estaría, así podréis degustar «Los muslos de Paquita Salas».

Los burritos de Paquita Salas

. . . .

Ingredientes para los burritos

1 **cebolla pequeña**

500 g de **carne de ternera picada**

2 **dientes de ajo**

½ cucharada de **orégano seco**

½ cucharada de **comino molido**

½ **chorizo de herradura**

400 g de **alubias blancas** (valen las de bote)

100 g de **queso rallado**

300 ml de **salsa mexicana de tomate y verduras**

8 **tortillas de maíz**

No recomiendo realizar esfuerzos ni acudir a eventos públicos la tarde después de haber consumido esta receta. Reposo y vida privada.

. . . .

Esta receta mexicana la aprendí yo cuando viajé a México con Carmen Morales, que me la enseñó ella. La verdad es que me enamoré de la comida de allí porque de siempre me ha gustado el picante, eso sí, hay que tener cuidado porque si no acabas una semana entera en el trono. Esta receta la hice mía cuando sustituí los tradicionales frijoles negros que ellos le ponen por alubias blancas con chorizo, como la fabada asturiana; así hice de este plato mexicano algo más gourmet (#Paquitaisfoodie).

Ponemos una sartén al fuego con una cebolla pequeña picada y la carne de ternera picada, después sofreímos hasta que pierda el color rosado. Añadimos los dientes de ajo picados, el orégano seco, el comino molido y las alubias blancas. Mantenemos al fuego unos 5 minutos más y después incorporamos el queso rallado y la salsa mexicana de tomate y verduras. A continuación precalentamos el horno a 200 °C y mientras tanto rellenamos las tortillas de maíz con un par de cucharadas de carne con alubias y chorizo. Los colocamos en una bandeja y para finalizar horneamos los burritos unos 15-20 minutos.

Los torreznos de Paquita Salas

Ingredientes para los torreznos

800g de panceta adobada   **Aceite**

Suelen recomendar 650 g de panceta adobada, pero yo hago 800 g y no os creáis que sobra. Dicen que para freír el torrezno da igual aceite de girasol que aceite de oliva, pero ya sabéis lo que pienso de eso, dime qué aceite usas y te diré quién eres (*#lostorreznosdePaquita, #gourmet*).

. . . .

Como sabéis, para mí hablar de cine es hablar de torreznos, así que esta receta no podía faltar en mi libro. Además, los torreznos los podéis añadir a cualquier plato para acompañar: si ves que algo te queda un poco pobre, ponle torreznos.

Lo primero, hay que dejar secar la panceta a temperatura ambiente durante 24 horas. Vamos a ver, ¡¡esto es fundamental!! La panceta no se cocina nada más sacarla de la nevera, tiene que secar bien.

Después vertemos aceite en una sartén grande, lo suficiente para cubrir la mitad de un torrezno, y colocamos a fuego medio-bajo. Mientras toma temperatura el aceite, cortad la panceta en tiras; a mí la verdad es que me gustan gorditas. Colocamos las tiras en la sartén con la piel hacia abajo y freímos durante 40 minutos, que yo siempre me paso un poco más porque me gustan bien crujientes. Al cabo de unos minutos, comenzarán a aparecer burbujitas en la piel. Lo dejamos bocabajo hasta que aparezcan por toda la superficie y giramos para cocinar los laterales. Una vez que la piel esté cubierta de burbujas y con una corteza doradita, retiramos los torreznos de la sartén con una espumadera. Colocamos sobre papel de cocina o en un colador amplio para que escurran y ya estarían, aunque hay que enfriar durante unos minutos antes de comer (que más de una vez me he quemado la lengua por el ansia).

Los años 80

EN LA FACULTAD.
QUÉ INTERESANTE LO DE CORRESPONSAL DE GUERRA, VICENÇ. PERO NO SÉ YO, LAS BOMBAS Y TODO ESO, QUÉ VA, QUÉ VA.
Y TÚ ¿POR DÓNDE VAS A TIRAR, PAQUITA?
PUES ESPERO CUMPLIR MI SUEÑO PRESENTANDO LAS NOTICIAS, UN *TELEDIARIO*, UN *INFORME SEMANAL*, DONDE ME COJAN.
PUES YO QUE TÚ EMPEZABA POR SOLTAR ESE DÓNUT Y PONERME A DIETA, PAQUITA.
TÚ PUEDES SER LO QUE TE DÉ LA GANA Y POR ESO ESTÁS AQUÍ.
SINCERAMENTE, AL AÑO DE ESTAR ALLÍ YA QUERÍA VOLVERME A NAVARRETE, PERO JULIA CREYÓ EN MÍ. OTERO, SÍ: JULIA OTERO, PREMIO ONDAS. MUY BUENA AMIGA MÍA.

Aprender a ser una representante

Pese a lo que pueda parecer, yo a Barcelona le tengo un cariño inmenso. Y no solo por mi tía Adela (que murió la pobre hace unos años, sin haber visto la independencia de Cataluña), sino porque fue una hostia de realidad como la copa de un pino. Yo venía cateta perdida del pueblo y esa ciudad me demostró que tenía que espabilar si quería algo en la vida. Barcelona me dio una revelación: tenía que ser representante de artistas y para eso no me quedaba más remedio que irme a Madrid, que en aquel momento estaba en plena Movida y hervía como una cazuela sedienta de macarrones.

No podía perder el tiempo con sueños imposibles como ser presentadora del tiempo, ni tampoco con hombres que no valían un pimiento. Como ya he dicho anteriormente, tienes que saber cuál es tu nicho. Eso sí, me he prometido ser sincera y debo reconocer que me pasé la mitad del viaje Barcelona-Madrid llorando en el tren como una tonta. No he llorado tanto en toda mi vida. Pero cuando estábamos como por Calatayud me dije a mí misma: «Pero, Paca,

¿qué haces?». Saqué el bocadillo de fuet que me había preparado mi tía, respiré hondo y le prometí a esa ciudad rodeada de rocas que no he pisado en mi vida que ningún hombre iba a volver a hacérmelo pasar tan mal. Aunque a lo mejor tengo que hacer yo un viajecito a Calatayud para renovar mi promesa, porque no sé si la he cumplido últimamente.

Meses más tarde salió el sencillo de Loquillo y sus trogloditas, el de «Cadillac solitario», que, evidentemente, estaba dedicado a mí. Por lo visto, se cansó de las rubias de una sola noche y se dio cuenta de lo que se perdía. Rencor no le guardo. No a todo el mundo le escriben una canción tan bonita, aunque sea así como triste. Y no puedo evitar imaginármelo ahí, ciego de martinis, con el cigarro en la boca y tratando de distinguir desde el mirador la casa de Poble Sec donde yo ya no vivía. Y me da un poco de lástima, pero es que éramos demasiado jóvenes y, como dice la voz del Carlitos del futuro en *Cuéntame*, «ser joven es vivirlo todo intensamente». Lo último que sé de él es que le envió un ramo a Inés Arrimadas en las elecciones catalanas, así que debe de pasar ya de las rubias.

Pero un clavo quita otro clavo, y fue enamorarme de nuevo lo que hizo que a mí se me pasara la tontería del rockerillo. Recuerdo que ocurrió así, de pronto, en el tren. No sé exactamente quién vio a quién primero. Pero allí estaba, brillando con sus luces en mitad de una noche negra como el sobaco de un grillo: Madrid.

Lo último que sé de él es que le envió un ramo a Inés Arrimadas en las elecciones catalanas, así que debe de pasar ya de las rubias.

Esa ciudad sería ya desde ese momento mi casa. No me preguntéis cómo, pero lo supe. Y eso que en Madrid no era como en

Barcelona, que tenía a mi tía. Aquí estaba sola e iba a tener que trabajar para mantenerme a la vez que terminaba mis estudios en la Universidad Complutense, a donde había pedido un traslado de expediente (que menudo follón, también os digo). No tenía más que una maleta, dinero para unos días en una habitación en un colegio mayor en Moncloa y la dirección de la empresa de una tal María José Poblador, amiga de Eloy de la Iglesia y mi única esperanza de mantenerme a flote en una ciudad en la que no me esperaba nadie.

Yo siempre he sido muy *echá pa' lante*, pero en esta ocasión me daba verdadero terror que me rechazaran. Aún no me había recuperado del todo de mis pruebas para presentadora en la recién fundada TV3 y tenía miedo de que me dijeran que representante tampoco podía ser. Todos los días, al salir de la facultad, me iba al barrio de Tetuán y me quedaba mirando el portal como una tonta, sin atreverme a entrar. Iba con tanta frecuencia y me quedaba allí plantada tanto tiempo que un día casi me pega una mujer llamada Nines a la que decían «la Duquesa» y que, bueno, pues era puta.

Nines me dijo que me tenía controlada desde hacía días, que no podía estar allí, que esa era su zona y que como no me fuera cagando hostias, iba a llamar a su chulo. Nines parecía de todo menos una duquesa. Tenía los ojos amarillos y las venas de los brazos hinchadas. Cuando le dije que yo no era puta ni nada de eso y que lo que me pasaba es que no me atrevía a entrar en esa empresa para pedir trabajo, ella se rio en mi cara y me ofreció un piti.

Desde entonces, me hacía compañía todos los días, mirando al portal mientras esperaba a algún cliente. Nunca me preguntó por qué no entraba. Hablábamos de nuestras cosas, de su trabajo, de mi universidad. Le dije que me estaba quedando sin el dinero que tenía ahorrado y que, como no encontrara un trabajo, me iba a tocar volverme a Navarrete. Ella definió el dinero como una «puta mierda» y me confesó que siempre había querido ser actriz desde que hizo en el instituto *El círculo de tiza caucasiano*, pero que ahora estaba enganchada a la heroína y necesitaba dinero rápido. Otro día le conté lo de la canción de Loquillo y Nines se rio de mí y me dijo que a ella Joaquín Sabina le había compuesto «Princesa». Y aunque se estaba cachondeando, la verdad es que la canción le venía como anillo al dedo.

El caso es que un día, Nines se retrasó más de la cuenta. No venía y no venía. Hacía mucho frío y, de repente, había como un silencio extraño. Un silencio que me incomodaba. Así que, para acallarlo, me metí en el portal, subí las escaleras y me planté delante de la puerta de la oficina, que tenía una plaquita de María José Poblador y asociados. Respiré hondo (ya no había vuelta atrás) y pulsé el timbre. Recuerdo que me abrió la propia María José Poblador. Sabía quién era porque la veía todos los días saliendo la última del portal y porque, ¿qué queréis que os diga?, las mujeres poderosas somos como los mariquitas, que se detectan entre ellos. Nos olemos en la distancia como los chuchos.

Las mujeres poderosas somos como los mariquitas, que se detectan entre ellas.

María José también debió de notarlo, porque me hizo pasar enseguida, aunque tenía la cara seria seria... Y yo me preguntaba: «¿La estaré molestando?», pero ella me condujo hacia el fondo del piso. De camino, nos encontramos con María Abradelo, que por entonces no era famosa y estaba empezando su carrera como modelo. Era guapísima y se estaba poniendo el abrigo para irse. Al pasar, me sonrió de forma encantadora y nos recomendó que mejor que no entráramos en el baño en un rato. Más maja ella... María José me la presentó superficialmente y luego se despidió con un gesto mientras me hacía entrar en su despacho.

Sentada frente a mí, se me quedó mirando así como muy raro. Yo me puse nerviosa y le dije que era una gran admiradora de su trabajo, que me había estado informando y que era un gran ejemplo de lo que debe ser una representante de modelos. Ella me preguntó entonces si esa era la razón por la que la espiaba todos los días. Me dejó cortadísima y no supe qué responder. Ella insistió añadiendo que, si creía que era la única modelo que se quedaba días y días mirando la agencia desde la calle, estaba muy equivocada. La mayoría no llegaban a entrar nunca, pero si lo hacían, era porque de verdad soñaban con convertirse en supermodelos. Ese era el primer paso y el más importante.

Yo me quedé muerta. ¿Esa mujer estaba dando por hecho que yo, con mi cuerpo de botijo, podía ser modelo? Ella me respondió que por qué no, que si era lo que yo quería, podíamos trabajar en eso. No me podía asegurar nada, pero los tiempos estaban cambiando y que lo más importante, que era tener las agallas, ya lo había demostrado.

Fue como si aquel reconocimiento fuera la chispa que necesitaba para estallar. Los nervios se me fueron echando leches y comprendí que, si elegía ese camino, no iba a ser por descarte, sino por verdadera pasión. Le respondí a María José que no quería ser modelo, sino representante, que quería aprender a ser como ella y llevar a las estrellas hasta lo más alto. Eloy de la Iglesia me había dado su dirección y si había algo que me frenaba, acababa de dejarlo en las escaleras del portal.

María José puso una mueca de esas que pone la gente cuando se sorprende y no está acostumbrada a hacerlo. Luego sonrió y habló mucho rato sobre su amistad con Eloy y sobre no sé qué *after* con un billar y José Luis Manzano. María José hacía eso a veces: o no hablaba nada o se ponía a contarte toda la vida de una persona. Al final, solo saqué en claro que uno: que Eloy de la Iglesia se ponía barba no para imitar a Karl Marx como la gente pensaba, sino por Stanley Kubrick (aunque ella pensaba que era para ocultar su labio leporino); y dos: que consideraba muy interesante que, a pesar de mi corta edad, prefiriera ser representante que modelo.

Me preguntó si tenía estudios y le dije que estaba terminando Periodismo, pero que podía compaginarlo perfectamente con un trabajo a media jornada. Ella reconoció que necesitaba alguna ayudante más, que con la actual no daba abasto para todo. Me ofreció un mes de prueba y la posibilidad de contratarme a jornada completa si daba la talla y acababa la carrera porque «en este país, la titulitis es la titulitis».

Cuando salí de allí, emocionada, me encontré con Nines en la esquina de siempre. Se alegró mucho por mí y nos fuimos a tomar un Larios a una cafetería de al lado. Me confesó que iba a echarme de menos, pero yo le dejé claro que iba a seguir yendo todas las tardes a esa calle a trabajar, así que podríamos vernos en los descansos. Ella pareció más contenta entonces y acabó pillándose una merla de las que hacen historia. Sin embargo, cuando fui al día siguiente a mi primer día de trabajo, Nines no apareció. Ni tampoco los otros días. Se esfumó y no he vuelto a verla desde entonces, aunque siempre me acuerdo de ella cuando escucho una canción de Sabina.

Yo, por mi parte, superé el mes de prueba. Vaya que si lo superé. Eso sí, al principio fue bastante duro. Tuve suerte con Jorgelina, mi compañera, una argentina despampanante pero más tímida que un conejo, que me ayudó mucho a ponerme al día porque estaba agradecida de tener un refuerzo en ese momento de la empresa que María José llamaba «de expansión» y que venía a significar que había que matarse a trabajar para cubrir las necesidades de todas las representadas de la agencia. Jorgelina estaba saturada porque, aunque era muy eficiente organizando, llevaba muy mal lo de tratar con las *barbies*. A mí, en cambio, se me daba divinamente y enseguida empecé a hacerme amiga de algunas de ellas, como la ya mencionada María Abradelo, o Loreto Valverde, que ya empezaba a hacer sus pinitos en el mundo de la interpretación y que fue la que me metió a mí la costumbre de desayunar siempre chocolate con churros. Que en qué momento, Loreto, bonita.

Básicamente, mi trabajo acabó consistiendo en acompañar a las modelos a sus castings, sus sesiones de fotos, etc. A mí todo aquello me volvía loca porque, claro, estábamos en mitad de la Movida y se hacían unas cosas de lo más peculiares. Recuerdo una vez que iba con una chiquita nueva en la agencia que se llamaba Luz, muy asturiana ella y que te hacía un cachopo de estarlo expulsando tres días. María José la había cogido porque era así como bastante alternativa, con una delgadez de lo más punki y un pelito pincho que ni Espinete. La querían sobre todo para publicidad en revistas de la época.

Bien, pues un día estábamos ahí esperando para unas fotos para la *Madrid me mata* y ella estaba un poco nerviosa porque no le habían puesto el modelito que quería, sino otro que iba más con el catálogo. Para animarla y que viera que no tenía tanta importancia, nos eché unas copitas en el catering (porque entonces sí te ponían alcohol, no como ahora, que se han vuelto todos «muy profesionales») y me puse a cantarle una jota muy famosa de mi tierra que dice algo así como: *Tampoco tenemos metro / en La Rioja no hay tranvía / tampoco tenemos metro / pero tenemos un vino que resucita a los muertos...* y cuando termino de cantar, me encuentro con Ana Curra, que me aplaude y me dice que vaya tono más bonito de voz que tengo y que si no he pensado nunca en cantar así profesionalmente.

> Entonces sí que te ponían alcohol en los catering,
> no como ahora, que se han vuelto todos
> «muy profesionales».

Yo le respondí: «Mira, Ana Pegamoide, para mí es un placer que me digas eso, que yo sé que tienes tus conservatorios y tus cosas, pero yo es que soy representante de modelos». Ella me respondió que hacía tiempo que ya no era Ana Pegamoide, ni Ana de Parálisis Permanente, ni Ana de Los Seres Vacíos, que ahora era Ana Curra y punto. Y se marchó, así como enfadada, dejándome a mí con el gusanillo de lo de cantar rondando por mi cabeza.

No hay persona en este mundo que disfrute más de una fiesta que santa Cayetana Guillén Cuervo.

Otro día, con Loreto Valverde, coincidimos en un plató cercano a donde se rodaban algunas escenas de *Segunda enseñanza*, que aunque se grababa en su mayor parte en Oviedo, como en todas las series, había algunos interiores que se hacían en Madrid. Fue allí, fumando un cigarro, mientras esperaba a que se cambiara Loreto Valverde, cuando conocí a Cayetana Guillén Cuervo, que hacía un pequeño papel de reparto. Hicimos buenas migas y acabó llevándonos a Loreto y a mí al garito La Vía Láctea y os puedo asegurar que no hay persona en este mundo que disfrute más de una fiesta que santa Cayetana Guillén Cuervo. La tuve que llevar a casa y todo y por el camino me iba diciendo: «¡Paquita, tú deja a las modelos y representa actrices, coño!». Cuando llegamos a su portal, nos encontramos con Fernando Guillén (padre) y Gemma Cuervo en pijama, histéricos porque Cayetana no había vuelto del rodaje y no había avisado de que se iba de fiesta. Luego nos invitaron a Loreto y a mí a un café con leche y magdalenas para darnos las gracias, mientras su hija dormía.

Pero, a pesar de la insistencia de Cayetana, yo ahí seguía, trabajando muy duro por nuestras modelos, aunque la chica tenía razón y yo aspiraba a que fueran mucho más allá que a posar para unas cuantas marcas de ropa o pasear de un lado a otro en los desfiles. Veía a algunas de ellas, a las más talentosas, aburridas de todo aquello, desganadas en las fotos... y se me partía el alma. Se me ocurrió que, quizá, podíamos buscar para algunas de las más pizpiretas, como María Abradelo, Loreto Valverde o una nueva incorporación de la agencia, Arancha del Sol, algo más movidito, como alguna colaboración en un programa de televisión.

Le comenté mi idea a María José, pero ella no lo terminaba de ver. Quería que su agencia siguiera siendo de modelos selectas, y tenía reticencia a que empezáramos a mezclar las cosas. Si una modelo quería ser una buena modelo, era mejor que se entrenara en eso y se dedicara a ser la mejor, y no que empezara a dar tumbos por el mundo del artisteo, que acabarían por distraerla de su verdadero objetivo. Traté de replicar y explicarle que algunas de las chicas eran muy polifacéticas. Estaban preparadas de sobra para presentar y que solo como modelos se aburrían. Creo que eso la ofendió bastante, porque fue tajante conmigo al responderme: «¿Se aburren ellas o te aburres tú, Paquita?». Me aconsejó no proyectar mis ambiciones en las modelos y centrarme en ser una buena agente, sin distraerme con la dichosa televisión. Estaba saturada y lo mejor era que me tomara el fin de semana libre para ver las cosas con perspectiva. Acepté.

Y sí, visto con perspectiva, creo que María José tenía algo de razón en lo de que estaba proyectando en María, Loreto y las demás mis propias ambiciones, pero me había prometido a mí misma al salir de Navarrete que yo estaría detrás de aquellos focos, de aquellas cámaras..., que sería parte de ese mundo de la televisión. Y, sin embargo, lo que estaba haciendo era dedicar mis tardes y mis fines de semana a ir de pase de modelos en pase de modelos, sosteniendo vestiditos y poniéndome hasta las trancas del catering que las *barbies* ni tocaban.

Por eso, cuando unos amigos que había hecho en la facultad me convencieron para que saliera con ellos un fin de semana que tenía libre, les dije que sí. Pensaba quedarme en casa, pero como hay que tener amigos hasta en el infierno, yo pensé: «Vamos a ver, Paca, ¿quién te dice a ti que estos no son los Concha García Campoy del futuro?». Y no me equivoqué demasiado, porque más de una vez le pasé los apuntes a Pepa Bueno y luego le ha faltado tiempo para devolverme el favor cuando lo he necesitado. Así que hice por socializar y me fui con ellos a los estudios de TVE, en Prado del Rey, que te pagaban unas perrillas para hacer de figuración en los conciertos que retransmitía el programa *Tocata*.

El trabajo era fácil. Solo tenías que presentarte allí y bailar y gritar cuando te lo pedían. Algunas veces, te ascendían y pasabas de figurante a hacer coros y, mira tú por dónde ese día, cuando pidieron gente para hacer los de Alaska y Dinarama, fui yo y levanté la mano. Mis compañeros no se lo podían creer. Me dice Pepa: «Pero ¿tú cantas, Paquita?» y yo le respondí que le preguntara a Ana Curra si cantaba. Me hicieron la prueba, les entoné divinamente «Ni tú ni nadie» y me subieron al escenario junto a otras mozas, entre las que estaba nada menos que la que luego fue ministra de cultura, Ángeles González-Sinde, y que era habitual haciendo los coros. Ella y yo congeniábamos porque nos gustaba mucho el cine y, después del concierto, que fue un éxito total, nos fuimos con Alaska y su grupo a tomar unas copas al Penta, que por entonces se llevaba mucho.

Os podéis hacer una idea de la que se formó allí, porque aquello empezó a llenarse de gente de todos los grupos, fans, amigos de amigos. Cayetana también apareció más tarde con su hermano Fernandito; yo empiezo a pensar seriamente si he estado en alguna fiesta en mi vida en la que no estuviera Cayetana Guillén Cuervo.

Alaska me regaló una frase que no olvidaré nunca:
«Paquita, ¿a quién le importa lo que yo haga?,
¿a quién le importa lo que yo diga?
Yo soy así, así seguiré y nunca cambiaré».

En esa en particular me lo pasé muy bien, porque resultó que, entre que Ángeles era hija de José María González-Sinde, que acababa de fundar la Academia de Cine de España, y que Carlos Berlanga, el cantante de Dinarama, era hijo del famoso director de *Bienvenido, Mister Marshall, La vaquilla* y todas esas películas que me meo toda cada vez que las veo, pues no paramos de hablar de cine en toda la noche, que hasta Alaska nos llamó *pesaos*. Y eso que ella también estaba metida en el mundillo, que había hecho *Pepi, Luci, Bom y otras chicas del montón* con Pedro Almodóvar. Yo le respondí que la televisión también me interesaba y que era muy fan de su programa *La bola de cristal*. Le pregunté que cómo se podía ser a la vez cantante, actriz y presentadora si la gente todo el rato quiere que te dediques a una sola cosa y ella me regaló una frase que no olvidaré nunca: «Paquita, ¿a quién le importa lo que yo haga?, ¿a quién le importa lo que yo diga? Yo soy así, así seguiré y nunca cambiaré».

Al día siguiente no, porque era domingo y tenía resaca, pero al siguiente, estaba llevando a María Abradelo en coche hasta Sevilla para que hiciera un casting como presentadora del programa *Para que veas*, de Canal Sur. El coche, por cierto, era de Enrique Sierra, que me dejó las llaves esa noche con toda la generosidad del mundo y luego se debió de olvidar o algo, porque nunca me pidió el coche de vuelta. Yo iba a devolvérselo, pero me venía estupendo para llevar y traer a las modelos, así que cuando me quise dar cuenta, era mi coche y el guitarrista de Radio Futura debió de comprarse otro o hacerse un abono del metro o yo qué sé.

El caso es que María arrasó en el casting y la cogieron. En el viaje de vuelta, yo estaba eufórica, deseando contárselo a María José. Era mi primer gran éxito en el mundo de la representación profesional, la demostración de que tenía razón y de que una gran modelo podía convertirse en una gran presentadora. Estaba tan contenta que me compré, a la altura de Trujillo, un queso grande como una cabra y no llegó a Madrid. María Abradelo me miraba como quien mira a un hámster comerse a sus crías.

Sin embargo, a María José no le gustó mi iniciativa. Se enfadó muchísimo y me dijo que había actuado no solo sin su consentimiento, sino en contra de su voluntad. Yo traté de explicarle que eso no era así, que solo quería lo mejor para la agencia y que estaba segura de que otras modelos podían convertirse en presentadoras, pero no me hizo caso. Se sentía traicionada y notaba como que algo se había roto entre nosotras, que tan bien habíamos trabajado hasta ese momento. Comprendí lo que estaba a punto de ocurrir y el mundo se me vino encima: «María José, no me despidas», le rogué, «si esto lo cancelamos en un periquete, continuamos exclusivamente con las modelos y punto». Entonces María José me sorprendió como solo ella sabía hacerlo.

Me dijo que ella podía continuar contando conmigo como su ayudante, pero que eso no era lo que yo quería. Que yo tenía ganas de volar, de dedicarme al cine y a la televisión y que parte de ser una buena maestra consistía en saber cuándo hay que dejar ir a tu alumna. Y yo ya estaba preparada para empezar sola mi andadura por el mundo de la representación.

Aquello inauguró una temporada dura, debo reconocerlo. Me gradué en la Complutense y acto seguido me volví para Navarrete. Necesitaba descansar, reposar mis ideas y decidir qué era lo que quería hacer con mi vida. No fue un buen verano. Mi madre estaba más decepcionada porque ya no tuviera trabajo que contenta porque hubiera acabado la carrera. Mi amiga Charo se había prometido con Pepe y yo, en un ataque de celos hacia mi amiga y borracha como un piojo, me lo llevé a los matorrales mientras la verbena tocaba en las fiestas. Como en los viejos tiempos, pero esta vez sí llegamos a consumar. Aunque no me gustó, la verdad.

Es que yo por aquel entonces, además, estaba teniendo muchos problemas por lo del flujo vaginal. Sí, que de eso no se habla, y menos en una autobiografía así tan elegante, pero he dicho que voy a ser sincera y pienso tratar este tema con normalidad. Mi vagina tiene mucho flujo y ya está. Es como uno de esos pantanos que están por encima de su capacidad y de vez en cuando dicen en el telediario que hay que vaciarlos. Lo que pasa es que después de quedarme sin trabajo, aquello se volvió como la gota fría y encima me entró anemia y dolor como en la zona de la barriga.

Así pasé yo esos meses. Hasta que al final del verano, casi en la época de la vendimia, mi madre se acercó a mí mientras yo estaba tirada en el sofá viendo *Por la mañana* y comiéndome las croquetas de pollo que habían sobrado de la cena. Mi madre se me quedó mirando y me preguntó si ese iba a ser el plan para el resto de mi vida. Le respondí que sí, que no valía para otra cosa, y entonces ella apagó la tele. Recuerdo a María Teresa Campos desapareciendo de la televisión en un círculo cada vez más pequeño hasta que, reflejada en lo negro de la tele, solo estaba yo.

Supe entonces no solo que una gran modelo podía ser una gran presentadora, sino que, además, una gran presentadora podía ser una gran actriz.

«¿Tú qué quieres hacer, Paca?», me dijo. «¿Quieres acompañar a las modelos esas de las revistas?». Yo no respondía. «No, tú quieres algo más. Y tu jefa se ha dado cuenta, ¿no? Pues haz algo más.» Entonces le contesté que no podía. Para fundar una agencia de representación tenías que tener dinero y yo no lo tenía. Mi madre se quedó en silencio un rato y contestó: «Sí, sí lo tienes. No mucho, pero lo tienes». Y me volvió a encender la tele. Allí estaba Miriam Díaz-Aroca, divina de la muerte y con un gran registro de expresiones. Y supe entonces no solo que una gran modelo podía ser una gran presentadora, sino que, además, una gran presentadora podía ser una gran actriz.

Mi madre, que sin yo saberlo había estado ahorrando para cuando llegara el momento, me ayudó a alquilar mi primera sede. No había que malgastar el dinero, así que conseguí un piso en Las Margaritas de Getafe, la mitad del cual convertí en oficina de la empresa que acababa de fundar: PS Management. Así, en inglés, para que fuera más internacional. Aunque estuviera allí, en Las Margaritas de Getafe, y de momento solo hubiera firmado los papeles de registro. El secreto está en pensar a lo grande desde el principio. Bueno, y en conseguir una cartera decente de representados, claro.

Tanto María Abradelo como Loreto Valverde como Arancha del Sol aceptaron el reto de convertirse en presentadoras de televisión y que yo las representase. A María no le iba nada mal en su programa de Canal Sur y tampoco tardé demasiado en enganchar a Loreto como azafata en el nuevo programa deportivo de Juan Carlos Rivero, al que conocí (y vaya que si le conocí...) en la Complutense y que se fiaba totalmente de mi criterio. Poco después, Arancha del Sol ganó Miss Madrid 1989 y aquello fue un empuje brutal para PS Management, a donde empezaron a llegar decenas de solicitudes de chicas que querían que Paquita Salas las llevara hasta lo más alto.

Yo aspiraba a que PS Management fuera una agencia también de cine, para ello necesitaba el premio gordo, Miriam Díaz-Aroca.

Por aquel entonces, yo ya tenía claro que no quería quedarme exclusivamente en el mundo de la televisión. Yo aspiraba a que PS Management fuera una agencia también de cine y demostrar que mis presentadoras tenían el talento suficiente como para convertirse en estrellas de la gran pantalla. Y para demostrarlo necesitaba ir a por el premio gordo que, en aquella época, no era otro que Miriam Díaz-Aroca.

Yo tenía un amigo de la facultad al que llamábamos Bananillo y que estaba metido en cosas de sonido en TVE. Él y yo siempre nos habíamos llevado muy bien por nuestra pasión por la gastronomía española (bueno, por la gastronomía en general). Lo que pasa es que el cabrón no engordaba nunca. Me decía: «Paquita, lo que tienes que hacer es estar siempre de los nervios, como estoy yo, de un lado para otro. Así es como todo se gasta y no engordas un kilo». Pero yo, que me paso el día nerviosa perdida, siempre he pensado que esa teoría era una absurdez, aunque sí que es verdad que el tipo se comía antes del mediodía lo mismo cuatro bocadillos, dos bollycaos y su famoso plátano de antes del almuerzo y así estaba, flaco como una escoba. Bueno, que me enrollo. Le dije al Bananillo: «¿Tú puedes colarme en el programa de Jesús Hermida para que hable un momento con la Miri?», y el Bananillo me dijo que claro y que no faltaba más, que para eso estaban los amigos.

Así que ahí estaba, en el *backstage* de *Por la mañana*, aguantando a los putos críos que no dejaban en paz a Miriam ni a don Basilio, que era un personaje que interpretaba Javier Basilio en el programa para hacer un concurso infantil en el que le asistía Miriam como ayudante. Cuando el programa acabó, me acerqué a ella y le pregunté si tenía un minutito. Tenía pinta de estar cansada. Bueno, no, tenía pinta de estar hasta el coño de los niños. Así que fui clara y aproveché la situación: «Soy Paquita Salas, representante de actores, y creo que, además de una gran presentadora, puedes ser una muy buena actriz. ¿No se te había ocurrido?». Por cómo brillaban sus ojos, supe que era mía.

Con el caché de Miriam dentro de PS Management y los éxitos que empezaban a cosechar los nuevos representados, la empresa empezó a ir viento en popa, y yo por fin pude ir a un buen ginecólogo a ver si se me arreglaba mi problema de fluidos. Todo empezó en los primeros Goya a los que fui, los de *¡Ay, Carmela!,* a los que Miriam me llevó de acompañante. Yo me lo estaba pasando genial en la fiesta de después, porque me habían sentado al lado de Tinín Almodóvar y él y yo habíamos estado toda la gala riéndonos de lo cutre que eran algunas cosas, como lo del robot aquel que salió a entregar un premio con Rossy de Palma. Tinín, me presentó a su hermano en la fiesta y a mí que, como no podía ser de otra manera, era fan absoluta de Pedro Almodóvar, me empezaron a temblar las piernas y me volvió aquel dolor abdominal que acababa jodiéndome en cualquier situación.

Tuve que ir al baño casi corriendo y entonces, mientras estaba ahí, lidiando con mi flujo, apareció Pilar Miró, que acababa de terminar su etapa de directora de RTVE y me ayudó a recomponerme. Lo que no me pase a mí en los baños de los Goya, no le pasa a nadie, os lo juro. Pilar me recomendó que fuera a ver a Julio Iglesias Puga, conocido mundialmente como Papuchi, que era el mejor ginecólogo de Madrid. Y ahí que me fui, recomendada por ella y saltándome de golpe la lista de todas aquellas otras vaginas.

Papuchi no solo me solucionó el problema, sino que se convirtió en un gran amigo mío. Me dijo: «Yo te quito esto, Paca, vaya que si te lo quito». Y la verdad es que solucionó bastante mi problema. Para agradecérselo, le invité a unas patatas a la riojana en mi piso que casi le mato del gusto. Él, desde entonces, no dejó nunca de pedirme que fuera a las fiestas que hacía en su piscina todos los veranos. Eso sí, nuestra relación acabó por enfriarse debido a una breve aventura que tuve con un miembro de su familia y que ya he prometido no mencionar en este libro por respeto a Isabel Preysler.

Pero, sin duda, lo más bonito de todos esos años me ocurrió en un lugar completamente inesperado. Desde que me mudé a Getafe, Azucena fue siempre mi peluquera porque ella los cardados los hacía como nadie. Era la reina de la laca, una diosa de las tijeras. Yo siempre le he dicho: «Azu, si dieran el Nobel de peluquería, tú te lo llevabas fijo». Y ella no veas lo que se reía. Bueno, pues Azucena siempre me hablaba de sus hijos. Que si Jorge tal, que si Lidi lo otro, pero yo no les conocía. Hasta que un día, mientras estaba yo con el pelo lleno de papel albal de ese que te ponen para el tinte, apareció Lidia San José. No tendría más de cinco años y era una auténtica monada, con sus coletitas y su uniforme de colegio de monjas. Se me quedó mirando y me dijo: «Hola, soy Lidia, ¿tú quién eres?».

Me emociono como una tonta escribiendo esto, pero es que es extraño cómo de repente aparece gente que va a ser importante en tu vida, de la manera más simple. Yo persiguiendo la luz de la televisión y resultaba que la tenía ahí delante, en una peluquería de Getafe, mientras el tinte se me escurría por debajo del cuello y me mareaba por el ruido de los secadores. Cuando Azucena le explicó que yo era una importante representante de actores, Lidia me dijo: «Pues yo quiero ser actriz, ¿puedo?».

Su madre se rio, pero yo al día siguiente ya estaba abriendo una cartera de niños artistas. Y mi Lidi era la primera de una cantera que iba a dar que hablar.

El Pasapalabra
de Paquita Salas

A
Con la A: Nombre de la asociación de representantes a la que perteneció Paquita Salas.

B
Con la B: El mejor *showroom* de España dirigido por Bárbara Valiente.

C
Con la C: Marca de galletas que Lidia San José intenta anunciar cuando Paquita funda Nuevo PS.

D
Con la D: Producto milagroso del que Noemí Argüelles vendió hasta tres mil unidades.

E
Con la E: Respuesta a la pregunta pronunciada por Magüi Moreno: «¿Soy una *fashion victim*?».

F
Con la F: Premio conseguido por Mariona Terés, considerado la antesala de los Goya.

G **Con la G:** Municipio de la Comunidad de Madrid donde Paquita tuvo su primera oficina de PS Management.

H **Con la H:** En internet se denomina *hater*, pero Paquita Salas lo llama...

I **Con la I:** Caja riojana a la que Paquita Salas confía todo su dinero.

J **Con la J:** Actor con el que quería fotografiarse uno de los participantes del calendario solidario, hasta el punto de ponerse violento.

K **Contiene la K:** Marca de leche con la que Noemí Argüelles y Paquita Salas dicen haber trabajado en B-Fashion.

Respuestas

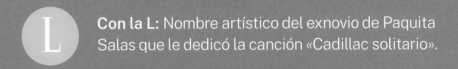

Con la L: Nombre artístico del exnovio de Paquita Salas que le dedicó la canción «Cadillac solitario».

Con la M: Anglicismo que incorporó Paquita Salas al nombre de su empresa de representaciones.

Con la N: Municipio de La Rioja donde nació Paquita Salas.

Contiene la Ñ: En lo que se cagó la actriz Edurne Bengoetxea.

Con la O: Célebre premio que ganó en 1994 la película en la que actuaba la actriz Miriam Díaz-Aroca.

L: Loquillo
M: Management
N: Navarrete
Ñ: España
N: España
O: Oscar

Con la P: Nombre del pueblo ficticio de una famosa serie de televisión española que alberga un secreto.

Contiene la Q: Según Paquita Salas, estos premios cinematográficos nunca coinciden con los Goya.

Con la R: Nombre del oficio que desempeña Paquita Salas.

Con la S: Nombre de la carpeta del correo electrónico donde Magüi perdió el email de Macarena García.

Con la T: Aperitivo favorito de Paquita Salas.

Con la U: Actriz a la que Magüi Moreno tuvo que buscar en una fiesta para intercambiar un traje que pertenecía a Bárbara Valiente.

Respuestas

Con la V: Nombre del hotel donde Paquita Salas rescató a Ana Obregón ocultándola de los paparazzi en su maletero.

 Con la W: Apellido de una famosa actriz y presentadora representada por Paquita Salas.

 Contiene la X: Nombre de la marca de cava que anunció Miriam Díaz-Aroca con el resto de las chicas de *Belle Époque*.

 Contiene la Y: Premio conseguido por Macarena García, actriz representada por Paquita Salas, gracias a su papel en *Blancanieves*.

 Con la Z: Nombre de la empresa de Javiera Bellot, la *coach* espiritual que contrata Paquita Salas.

V: Villa Magna
W: Washington
X: Freixenet
Y: Goya
Z: ZBM (Zen Business Management)

DIVACEL®

¿Piel flácida? ¿Piel de naranja?
¿Poro enquistado? ¿Arrugas en la cara como las de un bulldog francés?
¿Harta de tener las rodillas secas como pezuñas y un culo de piel de sapo?

Con DIVACEL todos estos problemas tienen solución, es la última
tecnología *beauty concept* criogénica con complejo varitek 1, que mediante
la exfoliación rebaja las capas de la piel hasta que sale la grasa al exterior.

¡CÓMPRALO AHORA!

por 19,99 € al mes durante un año

Y LLÉVATE DE REGALO OTRO Y
EL RECOGEDOR DE GRASA
"LIPO HD 3000"
SIN INTERESES

Pero ¿es solo un producto exfoliante?

¡Ni hablar!

Divacel, es la Thermomix de la estética.
Porque, además de rebajar la grasa de la piel, también depila.

Los años 90

El inicio del éxito

Hablar de mi vida en la década de los noventa es hablar de éxito y alfombras rojas. Algún que otro tropezón hubo, pero vamos, ¿qué os creéis? ¿¡Que todas las estrellas tienen carreras impolutas!? Aquí todo el mundo ha comido mierda y el que te piensas que no, más aún. Bueno, que me lío. Como sabéis, a finales de los 80 yo fundé PS Management apostando muy fuerte por presentadoras y modelos que podían ser actrices. Empecé a mover a María Abradelo, Loreto Valverde, Arancha de Sol, Miriam Díaz-Aroca y aquello comenzó a funcionar. Después abrí mi cantera infantil con Lidia San José y Pilar López de Ayala y la cosa fue a más. Cogí mis ahorros más el dinero que me dio mi madre y lo ingresé todo en Ibercaja y Caja Laboral, mis dos cajas riojanas de confianza. Con esta base, el nombre de Paquita Salas ya empezaba a sonar en los despachos donde se toman las decisiones importantes en este país. La ola que tanto tiempo había esperado estaba delante de mí, y yo solo tenía que surfearla.

Pero para hablar de cómo decidí coger esa ola tengo que remontarme a una noche en Getafe en la que tuve una revelación. Recuerdo estar sola en mi oficina chiquitita de PS Management por la noche; de fondo tenía encendida una pequeña televisión de tubo y estaba puesta la edición de Eurovisión de 1990, la de las Azúcar Moreno. La gala estaba empezando y España era el primer país en actuar, pero yo no le estaba haciendo mucho caso al programa, estaba demasiado preocupada por cuál debía ser mi próximo movimiento. No podía fallar, tenía la confianza de las chicas y mi madre se había gastado mucho dinero para que yo pudiera montar aquello. Estaba muy asustada y el miedo empezaba a paralizarme, pero las Azúcar Moreno me dieron la clave para seguir adelante. Cuando vi en pleno directo el error que se cometió con la música y las hermanas volvieron al *backstage*, pensé que no volverían a salir por la vergüenza. Pero salieron, vaya si lo hicieron, como que quedaron quintas. Encima, tiempo después me enteré de que habían perdido sus vestidos para la gala y tuvieron que comprar otros allí mismo, en Zagreb. Ahí entendí que yo tenía que ser como ellas, que había que ser valiente incluso cuando tenías todo en tu contra.

Estaba muy asustada y el miedo empezaba a paralizarme, pero las Azúcar Moreno me dieron la clave para seguir adelante.

Como sabéis, por aquella época yo había prometido a Miriam Díaz-Aroca que la convertiría en una gran actriz, pero al principio me costó. Los directores de casting no la querían porque era presentadora; que era muy mona, pero que el cine no era como la televisión, decían. En esta profesión hay mucho incompetente, pero bueno, yo no me rendí. La saqué del programa de Hermida y la metí en *Cajón desastre*, que le ofrecía una mayor libertad interpretativa para lucirse con los niños, y que además sustituía en el mismo horario a *La bola de cristal*. Yo quería que vieran en ella a una posible Alaska, y de hecho mi estrategia funcionó, porque tardaría poco en sonar la campana.

Pero antes del éxito de Miri como actriz, tuve otro gran descubrimiento que marcaría la historia de la televisión en este país. Era 1990 y un día fui a recoger a Miriam cuando terminaba el rodaje de *Cajón desastre* para llevarla a mi ofi. Tenía que firmarme unos papeles para un anuncio de una marca de galletas que iba a hacer. Pues resulta que, cuando salimos de los estudios de TVE, en Prado del Rey, una chiquita joven de más o menos la misma edad que Miriam y que yo nos asaltó y se subió con nosotras en el coche. Al principio nos asustamos; la chica hablaba muy rápido y estaba muy nerviosa. Quisimos echarla del coche pero la tía se agarraba como una garrapata al asiento y no había manera. Después entendimos que lo que ocurría es que era una fan de Miriam y solo quería un autógrafo. Llevaba todo el día esperando fuera de los estudios para encontrarse con ella y estaba muerta de frío. La chica decía que ella quería ser presentadora, como Miriam, y que la admiraba mucho. En ese momento vi en ella una fuerza y una naturalidad que me cautivaron, esa chica tenía un brillo especial en los ojos y era un animal televisivo. «Yo soy Paquita Salas, representante, ¿cómo te llamas tú?», le pregunté. «Yo soy Belinda Washington», contestó.

Y así fue como descubrí a la gran Belinda. Por aquel entonces, llegó hasta mis oídos que Jesús Hermida estaba preparando *El programa de Hermida* para Antena 3, que acababa de nacer y necesitaban contenidos nuevos. Hermida buscaba jóvenes rostros para estrenar en el programa y todavía no se había cerrado el casting, por lo que yo supe que tenía que meter ahí a Belinda sí o sí. Pues nos presentamos allí la Belinda y yo y no os lo vais a creer, pero nos dijeron que solo estaban buscando a chicos para el programa. Cualquier otra persona se habría dado la vuelta pensando que ya habría otra oportunidad, pero Paquita Salas no. Me planté allí y les dije que no se podían permitir no ver a Belinda, que me daba igual que solo quisieran chicos, que ellos lo que querían era a Belinda Washington, pero, todavía no se habían dado cuenta, que les estaba haciendo un favor. Al final, el secreto siempre está en llamar la atención de cualquiera de las formas; el que no llama la atención no se come una mierda. Para pasar desapercibido te quedas en tu casa. Yo no sé si me vieron como una loca o qué, pero minutos después estaba bajando Begoña, la mujer de Jesús Hermida, encargada del casting, para ver personalmente a Belinda.

Bueno, bueno, pues Belinda lo hizo de lujo en su prueba. Es cierto que le tembló un poquito el labio de arriba, que es una cosa que le ha pasado a ella de siempre cuando se pone nerviosa, pero estuvo espectacular. Hizo de presentadora, cantó y se puso a imitar voces de hombre para dar a entender que podía hacer lo que quisieran. A Begoña le gustó tanto que subió y llamó a Hermida para que bajara a verla. Él se quedó mirándola y dijo: «Belinda... No sé, muy alta, ¿no?». Claro, es que Belinda mide 1,73 y llevaba tacones en ese momento. Pues ella le dijo: «Eso se soluciona rápido» y se quitó los tacones. «Usted y yo llegaremos muy lejos», respondió Hermida. Ya estaba dentro. Me acerqué a Hermida, le dije que les había hecho un favor, que se llevaba a una estrella y él me prometió que me lo devolvería. Desde ese momento, Jesús me debería una, pero bueno, como sabéis, eso ya caducó.

Por aquel entonces, conocí al que sería mi gran amor de esta época, fruto de muchas alegrías, pero también de muchas decepciones. Fue, como muchas otras cosas en mi vida, por estar en el momento justo y en el lugar adecuado. En 1991, a mí me llamaban mucho de la televisión porque querían a Arancha del Sol de azafata en programas, por aquello de que había sido Miss Madrid hacía solo dos años. Recibí una oferta de Telecinco para que presentara, junto a Andoni Ferreño, el programa *Vivan los novios*. Obviamente aceptamos. En ese momento Telecinco estaba en plena ebullición y era un buen momento. El primer día fui al plató con Arancha para presentarme, allí estaban en pleno rodaje, porque el programa ya llevaba unos meses, y nos hicieron esperar en el *backstage* hasta que viniera el productor.

Tengo una anécdota curiosa de este momento y es que recuerdo que, esperando allí, vi a un chico muy alto que tendría mi edad y que estaba muy nervioso. Se llamaba José Antonio y llevaba una americana de color granate. Como me dio un poco de cosa, le pregunté qué le pasaba y me dijo que iba a salir dentro de poco a concursar, pero que a él no le gustaban las chicas y que aquello solo le interesaba por el viaje. Yo le dije que se tranquilizara, que lo hiciera con naturalidad, siendo él mismo, y que todo iría bien. Pues al final ganó, vaya que si ganó... Pero bueno, eso es ya otra historia.

El chico de la americana pasó al plató y no le vi más, pero entonces apareció el productor del programa, Paco Cerdeña, por esa época estaba muy implicado en televisión pero con el tiempo dio el salto al cine y se convirtió en uno de los productores más importantes de este país. La verdad es que fue un amor a primera vista, con ese pelazo, esa voz... Arancha se fue a hacer sus primeras pruebas y Paco y yo nos quedamos hablando. Bueno, de hecho hablamos tanto que al final acabamos follando en el almacén de atrezo. Nos dimos los números y al día siguiente tuvimos nuestra primera cita y aquello fue imparable. Era un lujo poder estar con alguien que tenía mis gustos y que encima trabajaba en el mismo mundillo, porque Paco, como yo, era de la buena comedia. Si yo le decía *Bajarse al moro*, él me respondía *Sé infiel y no mires con quién* y, claro, eso es amor de verdad. Además, el sexo entre nosotros era genial; él era muy fogoso, como yo. Nos gustaba hacerlo en los baños del VIPS y en los camerinos de Telecinco.

Si yo le decía *Bajarse al moro*,
él me respondía *Sé infiel y no mires con quién*,
y, claro, eso es amor de verdad.

En poquitos meses nos casamos y después nos fuimos a vivir juntos. La boda fue un cachondeo, fueron todo tipo de celebridades. Fernando Colomo, que era amigo de Paco y después sería íntimo mío (siempre le caí mejor), dio un discurso muy emotivo en nuestro honor. Carmen Morales se subió borracha a bailar encima de una mesa y Hermida hizo de las suyas, que siempre fue muy pillín. La verdad es que en ese momento nuestra relación era de las más populares del cine español, juntos éramos un gran equipo. Hubo una época que todo lo importante ocurría en la casa de Paco Cerdeña y Paquita Salas. Por allí pasaban cientos de famosos que se quedaban hasta a dormir, aquello era el paseo de la fama español. Unos que se quedaban mucho en casa eran Alfonso Albacete y David Menkes, que luego Paco hizo tres películas con ellos. La verdad es que eran un poco trastos. Más de una vez tuvimos que salir detrás de ellos Paco y yo hasta los baños del Strong, lugar al que no he vuelto a ir porque me quedé un poquito impactada. Qué susto me llevé, no sabía que el puño se podía utilizar para eso. La verdad es que yo no soy tan elástica, siempre he sido más apretadita.

El piso al que nos fuimos Paco y yo estaba por el centro y la verdad es que cogerme todos los días la Renfe para irme hasta Getafe a trabajar era un coñazo, por lo que decidí invertir el dinero que había ganado hasta entonces en un nuevo local. Así fue como me mudé al centro de Madrid, a la plaza de la Luna, número uno, tercer piso. Mucho más bonito y luminoso, porque lo de Getafe parecía un piso franco de etarras. Por aquella época no daba abasto y necesitaba delegar un poco, ya que hasta ese momento lo hacía yo todo y apenas podía pasar tiempo con Paco. Él me achacaba que dedicaba demasiado tiempo al trabajo y que eso podría pasar factura a nuestra relación. Así fue como decidí abrir un proceso de casting y contraté a Carlota, que se empeñó en que la llamara Charlotte García porque su abuela era francesa, aunque ella era de Parla. Una chiquita muy mona que me ayudaba en la oficina. La verdad es que era un poco paradita, pero me servía para aligerar el trabajo. Al parecer, ella quería ser modelo y hacía aquello por sacarse un dinero; eso sí, me venía con unas pintas que yo no podía soportar. ¡¡Todo el día en peto!! ¿¡Qué es esto!? Digo yo que habrá que madurar algún día, ¿no?

El sexo con Paco era genial. Él era muy fogoso, como yo. Nos gustaba hacerlo en los baños del VIPS y en los camerinos de Telecinco.

En esa época, Miriam había dejado *Cajón desastre* para empezar en el *Un, dos, tres* y la verdad es que a mí me entró miedo de que se encasillara y no fuera capaz de sacarla de la televisión. Fue entonces cuando tiré de mi agenda para hacer una de esas llamadas que marcan la diferencia. Una representante de actores tiene que tener una lista de contactos útil; una buena llamada te salva de un aprieto. Mi agenda de contactos es posiblemente lo más valioso que tengo; son más de treinta años de profesión y claro, una tiene números muy valiosos guardados, gente muy diferente que no te esperarías: Enrique Urbizu (que me sigue debiendo dinero), Tamara Gorro, Massiel y algunos peces gordos que no nombraré por preservar su privacidad. El caso es que yo me había enterado de que Almodóvar estaba preparando su próxima película, *Tacones lejanos*, y de que, aunque el papel protagonista era para Victoria Abril, todavía no estaba cerrado todo el reparto. Llamé a Tinín (Agustín Almodóvar), que como os dije le conocí en la fiesta de los Goya de *¡Ay, Carmela!*, y le ofrecí a Miriam para hacer algún papel. Tinín aceptó enseguida y así fue como cogieron a Miriam para hacer un papel pequeñito en *Tacones lejanos* que llamó la atención de todos los directores de casting, demostrando mi teoría de que una buena presentadora podía ser una buena actriz.

Pues en poco menos de un año teníamos encima de la mesa una oferta para que Miriam estuviera en *Belle Époque,* de Fernando Trueba, junto a Ariadna Gil, Penélope Cruz y Maribel Verdú. Y bueno, ya sabéis lo que pasó con *Belle Époque*, aquello fue un *boom* que colocó a PS Management en la cúspide de las agencias de representaciones. La película arrasó en los Goya, pero es que después nos fuimos a los Oscar, y aquello ya fue muy fuerte. A mí me dijeron que era un poco cutre que una representante fuera de la mano de su actriz a la gala, pero mira, yo no me iba a perder aquello por nada del mundo. Hay que tener en cuenta que yo no había salido de España en mi vida.

Pues ahí me planté yo. Recuerdo que con la escala y todo fueron como quince horas o más de vuelos. Aquello fue horrible, se me hincharon las muñecas y cogí un par de kilitos por la presión del avión. Y luego estuvo la confusión con los billetes de Miriam, que, bueno, quizá sí que fue culpa mía. Yo creo que ocurrió porque cuando fui a comprarlos en taquilla, no había nadie que me atendiera en español y tuve que entenderme con una chiquita en inglés. Yo no sé qué pasó. Yo recuerdo decirle que sacara dos para *bisnes*, pero, chica, que me dio el de Miriam en turista. Claro, aquello fue una faena gorda gorda, porque estaba todo el famoseo en *bisnes* menos Miriam, incluidas Ariadna, Pe y Maribel. ¿Que mi Miri iba a ser menos? ¡De eso nada! Obviamente yo no lo permití: le cambié mi billete y me puse en turista todo el viaje.

Yo recuerdo decirle *bisnes*, pero, chica, que me dio el de Miriam en turista.

Además, no fue para tanto, porque hice una amiga. Me senté al lado de una china que se llamaba Lin, que resulta que iba también a los Oscar porque era ayudante de producción de una película hongkonesa, que ese año los asiáticos venían fuerte por película extranjera. De hecho, el avión iba lleno de españoles y chinos, parecía eso Usera. Pues el caso es que Lin y yo estuvimos hablando todo el viaje y nos dimos los contactos; aún me escribo de vez en cuando con ella para contarnos. ¿Veis? Contactos hasta en China tengo; así conseguí que Lidia San José acabara haciendo una película allí.

Los Ángeles la verdad es que estaba interesante. También os digo, eso no tiene ni cien años de historia y olía como a Vigo. Al final, hace falta salir de España para darte cuenta de que lo que tenemos aquí es lo mejor. Yo pedía torreznos y Larios y me miraban como si fuera marciana. Hay una cosa que sí que me gustó de los americanos y es que allí para la comida todo lo hacen en grande: las garrafas de leche, las cajas de cereales, las tarrinas de helado, todo grande. Y para mí, que soy muy del antojito de media tarde y que me quedo enseguida con la nevera vacía, pues eso me vendría genial. Bueno, que me lío. El caso es que lo que ocurrió en la gala ya lo conocéis, pero os gustará saber que me sentaron al lado de Azcona y de Fernando Fernán Gómez, que eran un poco serios, pero que cuando nos dieron el Oscar, con la emoción, se tiraron a abrazarme. Luego perdí a Miriam de vista, pero conseguí colarme en la fiesta de los Oscar yendo detrás de Antonio Banderas, al que conocí en el rodaje de *Átame*; me agarré a él como una chinche y no le solté hasta que conseguí entrar. Y ahí estuve yo, con los más grandes de Hollywood. Me hice amiga de Winona Ryder y ligué un poquito con Spielberg, que la verdad es que me lo esperaba más guapo. Tiene un poco cara de ratita, así que le dije que iba al baño y no volví.

Aquello fue un sueño, y nada más volver a Madrid ya tenía en mi despacho una oferta de Freixenet para que Miriam grabara un anuncio con el resto de las chicas de *Belle Époque*. Es cierto que tuve la confusión con el contrato de Miriam y el fax, pero al final de ahí saqué la idea de que a ella le pagaran mil pesetas más de forma simbólica; hay que saber sacar beneficio de todos los problemas. Pues por la tontería del fax, Carlota decidió dejar el trabajo para recuperar su carrera como modelo, que no quería «estancarse», me dijo. Que, a ver, yo no le guardo rencor, pero no creo que «estancarse» fuera el problema de Carlota; la chica era un poco paradita de siempre, ella nació ya estancada. Pero vamos, que no tardé en sustituirla, porque del trabajador de Telefónica que vino a reparar el fax saqué un nuevo asistente, Fernando Canelón. Yo fui para Fernandito lo que María José Poblador fue para mí: una maestra. Lo que ocurre es que Fernando era de esos alumnos que terminan traicionando al maestro, algo que yo nunca hice. Hubo algo en él que nunca me gustó; ese pelo, que parecía una cola de caballo, y esa mirada siniestra me dijeron que no traía nada bueno y, de hecho, finalmente lo descubrí años después, pero eso os lo contaré más adelante.

Yo no tuve hijos, yo tuve actrices.

En los años siguientes la verdad es que las cosas empezaron a ponerse un poquito más feas, pero bueno, salí de aquello como de todo lo demás. Yo estaba más volcada que nunca en mi trabajo, había elegido surfear la ola y estaba en mi mejor momento, no podía echarme para atrás. A Paco también le gustaba su trabajo, pero no era como yo y poco a poco nos fuimos distanciando. Él siempre se reservaba su tiempo libre para estar con amigos y familiares, pero yo no entendía qué era eso. Si tenía que pasarme una noche cuidando de Lidia San José porque era su cumpleaños y su madre, Azucena, no llegaba porque había perdido un vuelo, pues hacía de madre y me quedaba con ella. Porque, ¿qué es ser representante si no? Yo no tuve hijos, yo tuve actrices. ¿Recordáis cuando os dije que el día que descubrí el cine de verano en Navarrete me casé con esto? Pues ese fue el principio del problema entre Paco y yo, que él no era mi primer matrimonio, era el segundo.

Por entonces yo acababa de meter a Lidia en la película *El niño invisible* (también a Pilar López de Ayala); después hizo un par de capítulos en *¡Ay, Señor, Señor!* y en *Farmacia de guardia*. Era un momento en el que Paco y yo casi no nos veíamos. Él estaba en la producción del programa *Sorpresa, sorpresa* y trabajaba allí con Isabel Gemio. ¿Es, quizá, Isabel Gemio mi primera gran enemiga? Puede ser. Paco estaba todo el día con Isabel Gemio esto, Isabel Gemio lo otro, que qué bien habla, qué bien entrevista, qué bien presenta. ¡¡Es que no la soporto!! Va de diva de la televisión y ha nacido en Alburquerque. Bueno, pues yo ya empezaba a estar mosca con que Paco se traía con Isabel algo más que una relación laboral, y decidí investigar el tema.

Como un detective privado se me salía de presupuesto, decidí buscar una pitonisa, que en esa época el yoga pegaba fuerte y te salía gente con poderes de debajo de las piedras. Pero claro, yo no iba a ir a cualquiera, así que acudí a la madre de Miguel Ángel Muñoz, pitonisa de confianza de las celebridades, que adivinó muchos Goyas. Pues resultó que la mujer no me pudo atender porque decía que tenía mucho lío con María Teresa Campos, que acababa de dejar TVE para fichar por Telecinco y tenía dudas sobre su futuro, por lo que me recomendó a una amiga suya: María Rosa Cobo.

De María Rosa Cobo saqué una amistad para el resto de mi vida, una pitonisa que me ayudaría en mis incertidumbres de PS Management para siempre. Acudí a ella y me sacó tres cartas: el diez de espadas, el carro y el diablo. O, según me explicó ella, la traición, el conflicto y la relación con la carne. Yo no sé si fue casualidad, pero entonces supe lo que tenía que hacer. Me fui al plató de *Sorpresa, sorpresa* y monté un pollo descomunal. A Isabel Gemio la dejé sin palabras, tan bien que hablaba, y Paco se quedó blanco. Él me llamo histérica y me dijo que tenía un problema con el trabajo, que me vendría bien dejarlo una temporada. Y mira, no, ¡¡por ahí no paso!! En unos meses nos estábamos divorciando, y la verdad es que no me arrepiento de nada. Fuera cierto lo que me dijeron las cartas o no, yo no estaba hecha para Paco, porque yo ya tenía otro gran amor. Con aquello me gané un ex y una enemiga para toda la vida, pero bueno, a ella se sumaron otras más por esa época como Pilar Tabares.

Pero bueno, de este bache salí enseguida cosechando más éxitos. Conseguí un gran pelotazo para Liberto Rabal, al que enchufé primero en *Más que amor, frenesí* y luego en la película de Almodóvar *Carne trémula*. Cuando les ofrecí a Liberto para esta última, dudaron, pero les metí presión diciendo que tenía a Amenábar desesperado por él para *Abre los ojos*, que les estaba haciendo un favor y que si no lo cogían, se lo daba al otro. No tardaron ni un día en aceptar después de eso; así es como se negocia, no hay que dejarles respirar, porque si se lo piensan más, al final se rajan.

También hicimos en PS Management mucha gala *Inocente, Inocente*, mucho corto benéfico a favor del sida. A Belinda le iba de lujo como presentadora y ya empezaba a hacer ficción en *Vecinos*, *Farmacia de guardia* y *Médico de familia*. Miriam empezó en *La casa de los líos*, que ella me dijo que no tenía claro lo de meterse en una serie, pero allí se quedó cuatro añitos con 101 capítulos, aunque también siguió haciendo películas. Por esta época empezaba *Al salir de clase* y yo metí a Pilar López de Ayala porque la verdad es que la tenía un poco paradita. El caso es que esta serie al principio no fue muy bien. Estaban teniendo problemas para encontrar tanto actor joven, a lo que yo les dije que eso era una tontería, que un adulto te podía hace de *supertineiger* sin problemas. Propuse a Carmen Morales, que por aquel entonces tenía veintiocho años, y funcionó. Me hicieron caso, siguieron mi consejo y aquello tiró para delante.

Como me hice muy amiga de Carmen Morales después de aquello, nos fuimos unos días de vacaciones a México. Resulta que la habían invitado al Festival de Cine de Tulum y al Festival del Puerto, en Puerto Escondido. Allí nos encontramos con Laura Zapata, que la verdad es que nunca me llevé muy bien con ella. Yo soy más bajita, pero tengo más tetas. Después estuvimos en D. F. así de pasada, pero no me dio tiempo a verlo mucho. La verdad es que yo a México fui con miedo; me dijeron que allí me podían secuestrar en un taxi perfectamente, que yo, al ser rubia, era un caramelito. Al final no me pasó nada porque iba con Carmen y ella sabía por dónde moverse. De México me quedé sobre todo con la comida, siempre con cuidado, pero lo que más me gustó fue el chicharrón, que me recordaba a la corteza. Eso sí, acabé bebiendo agua del grifo y estuve yendo suelta al baño unos días.

Al volver de México hice otro buen negocio al meter a Lidia San José en *A las once en casa* y ahí es cuando empezó mi amistad íntima con Ana Obregón. Me crucé con ella en el plató, le di mi tarjeta y le dije: «Anita, toma, por si quieres charlar o tienes una emergencia». Bueno, pues estando en el sofá de mi casa viendo *Médico de familia*, comiendo torreznos y un poquito borracha de Larios, recibí una llamada de Ana. Resulta que estaba atrapada en el Hotel Villa Magna por los paparazzi que la acosaban y nadie más le cogía el teléfono. No podía salir de allí y necesitaba mi ayuda. Me faltó medio segundo para salir por la puerta, coger mi coche (muy probablemente sobrepasando la tasa de alcohol permitida) e ir en su búsqueda. Salvé a Ana metiéndola en el maletero y no se enteró nadie de lo que hicimos. Fue un golpe maestro; yo me sentí como James Bond.

Le di mi tarjeta y le dije: «Anita, toma, por si quieres charlar o tienes una emergencia».

Ya en la carretera, paré para que Ana saliera porque se estaba quedando sin oxígeno y se sentó a mi lado. «Paquita, te digo una cosa, eres la mejor representante que he conocido. Quiero que me representes», me dijo Ana. «No, Ana, tu repre es Susanita y es muy amiga mía. En esta profesión, como en la vida, hay que ser fiel. Ya me devolverás el favor». Ese favor me lo devolvería mucho tiempo después, pero desde entonces ya fuimos amigas inseparables y juntas aprendimos mucho la una de la otra. A ella le debo el truco de ponerte Coca-Cola en el chichi para que se te quede dulce, que funciona genial. Además, con mi problema de flujo vaginal, pues mejora la cosa. Fue por esta época también cuando tuvo lugar el tropezón de Ana en los TP de Oro y ahí yo también estuve detrás de todo. Yo siempre he dicho que de qué te sirve ser correcta si nadie se da cuenta de que existes, hay que llamar la atención para que el foco se ponga sobre ti. Les dije que hicieran un TP de arcilla y que Ana fingiera una caída para romperlo. ¿Pasó aquello a la historia o no? Pues eso.

Gracias a Ana Obregón, por esa época conocí a Paolo Vasile. La verdad es que el señor al principio me generaba emociones encontradas, con ese acento entre español e italiano; como que no sabía si quería tener sexo conmigo o secuestrarme. Al final, no fue ninguna de las dos, pero me hice su amiga y aquello me proporcionó muchas anécdotas y contactos. Lo mejor de ser amiga de Paolo Vasile eran las cenas en su casa y toda la gente que pasaba por allí. Ya sabéis lo que dicen de él: «Paolo Vasile no habla, da titulares». Me acuerdo también de la habitación que tenía siempre cerrada con llave en su casa, pero bueno, de lo que hay ahí no voy a hacer ninguna declaración.

Con ese acento entre español e italiano; nunca sabía si quería tener sexo conmigo o secuestrarme.

En una cena con Vasile fue como conocí a Julio Medem y Najwa Nimri, que estaban intentando que Vasile les produjera *Los amantes del círculo polar*, pero él les dijo que no buscaba la gloria, buscaba el éxito, y eso no daba dinero. Sin embargo, así fue como durante una temporada representé a Najwa, que acababa de pelearse con su representante y necesitaba una. La verdad es que con ella al principio me fue bien, no hay duda de que es una gran actriz, pero hubo algo que nunca llegó a funcionar. A mí me daba un poco de miedo quedarme a solas con ella en la oficina, tiene una forma de mirar y de callar que me parece un poco siniestra.

Y así me planté en el final de la década y en el comienzo del nuevo milenio. Fue sin duda el cierre de una época de éxito, una época que comencé acojonada en mi oficina diminuta de Getafe, viendo a las Azúcar Moreno cagarla en Eurovisión, y que terminé en la mansión de Paolo Vasile. Una época en la que cumplí las promesas a mi madre y al resto de las chicas, hice amigas íntimas, me enamoré y decidí que el único matrimonio eterno que quería tener era con esta profesión. El nuevo milenio vino marcado por internet, las nuevas tecnologías y una forma diferente de hacer televisión con la que tendría que convivir, pero eso ya es otra historia.

YA ME LO DIJO ELOY DE LA IGLESIA «PAQUITA, TIENES BUEN OJO PARA LA GENTE». ASÍ QUE HICE CASO A ESA VOCECITA QUE ME DECÍA...

«PAQUITA, UNA BUENA MODELO PUEDE SER UNA BUENA PRESENTADORA Y UNA BUENA PRESENTADORA PUEDE SER UNA BUENA ACTRIZ.»

CUANDO ME EMPEÑO EN ALGO, NO HAY QUIEN ME PARE Y LOGRÉ QUE MI REPRESENTADA, MIRIAM DÍAZ-AROCA, ARCHICONOCIDA DESDE EL *UN, DOS TRES*, PASASE DE *CAJÓN DESASTRE*...

... A *TACONES LEJANOS*.

MIRIAM, UNA DE LAS ESTRELLAS MÁS RUTILANTES DE ESTE PAÍS.

Y YO, PAQUITA SALAS SIEMPRE A SU LADO

EN LA FIESTA DE LOS GOYA DE *¡AY, CARMELA!*, CONOCÍ A PEDRO, ALMODÓVAR, CLARO, Y A TINÍN. EL RODAJE DE *TACONES LEJANOS* CON EL DIRECTOR MÁS IMPORTANTE DE ESTE PAÍS FUE TODA UNA EXPERIENCIA.

PERDONA, PEDRO. ¿TIENES UN SEGUNDITO?

Y DE PUENTE A PUENTE Y TIRO PORQUE ME LLEVA LA CORRIENTE SALTAMOS DE *TACONES LEJANOS* A *BELLE ÉPOQUE*. *¡BELLE ÉPOQUE!*

AY, PAQUITA, QUE ME PONGO MUY NERVIOSA. YO YA SÉ QUE A FERNANDO LE INSPIRO MUCHO EN SUS PELÍ-CULAS, PERO NO SÉ SI ME VA A SALIR BIEN.

A VER, ¡CÉNTRATE, MI AMOR! REPASAMOS EL DIÁLOGO Y LE DAMOS UN FRESCOR, QUE PARA ALGO ERES LA PROTAGONISTA.

¿Y PENÉLOPE, ARIADNA Y MARIBEL?

BUENO, ELLAS TAMBIÉN, PERO MIS REPRESENTADAS SIEM-PRE MÁS QUE LAS DEMÁS, CARIÑO.

FUE ENTONCES, EN EL RODAJE DE *¡VIVAN LOS NOVIOS!*, CUANDO CONOCÍ A PACO CERDEÑA, PRODUCTOR MUY IMPORTANTE. FUE AMOR A PRIMERA VISTA. CHÚPATE ESA, LOQUILLO. PACO SIEMPRE CON UN JUEGUITO, JA, JA, JA, ¡QUÉ TREMENDO!

BUENO, QUE NOS CASAMOS. TODO IDEAL: BODA DE ENSUEÑO...

... CASA DE ENSUEÑO... AY, AQUELLA CASA... SI LAS PAREDES HABLARAN...

GENTE DEL MUNDO DE LA CULTURA Y DEL CINE ESPAÑOL Y DE PARTE DEL EXTRANJERO PASÓ POR ALLÍ. INCLUSO SE QUEDABAN A DORMIR, DE TAN A GUSTO QUE ESTABAN.

AVID MENKES Y
LFONSO ALBACETE,
UE IBAN MUCHO AL
TRONG, PERO ESA
S OTRA HISTORIA.
UENO, QUE YO SOY
ROGAY, COMO LA
URADO.

¡QUE ME VOY POR LAS RAMAS!
1992, *BELLE ÉPOQUE* ES UN ÉXITO.

SE LO COME TODO Y EN EL 93
ARRASA EN LOS GOYA...

¡BELLE ÉPOQUE!

¡BELLE ÉPOQUE!

DONDE, ADEMÁS, MIRIAM
ENTREGÓ EL PREMIO A LOS
EFECTOS ESPECIALES, QUE
FUE PARA *ACCIÓN MUTANTE.*

YO NO ES QUE SEA PITONISA, PERO DESDE QUE ME PUSIERON LOS CUERNOS EN BARCELONA, COMO QUE DESARROLLÉ UN INSTINTO PARA SABER CUÁNDO UN TÍO TE LA PUEDE ESTAR PEGANDO. ASÍ QUE TOMÉ MEDIDAS DESESPERADAS Y ACUDÍ A LA MADRE DE MIGUEL ÁNGEL MUÑOZ, REPRESENTADO MÍO, CLARO. PERO COMO MARÍA TERESA CAMPOS LA TENÍA MONOPOLIZADA, ME PUSO EN CONTACTO CON UNA AMIGA SUYA.

ASÍ CONOCÍ A MARÍA ROSA COBO.

A VER, PAQUITA, HABLANDO EN PLATA, LAS CARTAS NO MIENTEN: TU PACO E ISABEL GEMIO PASAN MUCHO TIEMPO JUNTOS EN LOS CAMERINOS. YO AHÍ LO DEJO.

TÚ, TRAIDOR, SABIENDO DE DÓNDE VENGO Y LO QUE PASÉ EN BARCELONA.

Y TÚ, BONITA, ERES UNA ZORRA Y EN CÁMARA DAS FATAL.

PERDÍ UN MARIDO Y GANÉ UNA PITONISA. DESDE ENTONCES SIEMPRE ACUDO A ELLA.

EN ESTA PROFESIÓN, UN FRACASO PUEDE HUNDIRTE, PERO, SI ALGO TE MANTIENE A FLOTE Y TE ABRE TODAS LAS PUERTAS, ES UN ÉXITO. LA SERIE FUNCIONÓ Y PUDE METER A LA NIÑA, A LIDIA SAN JOSÉ, EN *A LAS ONCE EN CASA* Y ALLÍ CONOCÍ A ANA.

PÓRTATE BIEN ¿EH, LIDI? ES TAN BUENA... ¡AY!

HOLA, ANA, ¿TE ACUERDAS DE MÍ? ¿DE LA FIESTA DE LA GALA DE LOS GOYA DEL AÑO PASADO?

CARIÑO, NO ME ACUERDO Y ESTOY MUY LIADA ¿PODEMOS HABLAR EN OTRO MOMENTO?

CLARO, ANITA. PAQUITA SALAS, REPRESENTANTE DE ACTORES Y ACTRICES. YA CONOZCO A TU REPRESENTAN Y ES LO MÁS, PERO SI ALGÚN DÍA QUIERES CHARLAR O TIENES UNA EMERGENCIA, YO TAMBIÉN VOY A ESTAR AHÍ...

MANAGEMENT

Horóscopo de María Rosa Cobo

Hola, seres de luz.

Como ya sabréis, soy María Rosa Cobo, asistente espiritual de Nuevo PS y amiga íntima de Paquita Salas. Ella fue la que me pidió que organizara una sección dentro de su biografía y por eso os he preparado el signo del zodiaco de cada una de las personas que rodeamos la vida de Paquita y que seguro que, como buenos brujitos que sois, encontraréis interesante. Cada signo viene explicado con las diferentes energías que confluyen en él y también en vosotros, dependiendo de vuestra fecha de nacimiento. ¿Con quién compartís vuestro signo del zodiaco?

Gracias a todos y que la magia sea con vosotros.

Acuario MARIONA TERÉS

Mariona es una persona rebelde, polémica y muy cambiante. Tres características que encajan con el signo de Acuario, a las que además se suman la creatividad y la capacidad de ser original. Mariona Terés es una joven graciosa y resuelta, que igual te monta una *performance* desnuda delante de todos sus compañeros que te improvisa un *casting* hablando de comer mierda. Pero también es una persona profundamente individualista, y esto provoca que su lealtad oscile entre lo que considere más interesante en cada momento. Sin embargo, Acuario al final siempre recuerda quién prendió fuego a su mecha y no olvida.

Piscis MAGÜI MORENO

En Piscis confluyen todos los demás signos, convirtiéndolo en el «Todo». Por eso, si hay una palabra que defina a Magüi como Piscis, esa es «empatía». Los Piscis entienden a la perfección los sentimientos de otra persona y son grandes depositarios de los secretos de los demás (y si no, que se lo digan a Úrsula Corberó). Pero todo lo bien que entienden a los demás se convierte en un quebradero de cabeza para sí mismos. A los Piscis les cuesta entender su propia personalidad, porque en ella confluyen demasiados matices. Esto los convierte en individuos despistados, nerviosos e inseguros, pero también les mueve a buscarle sentido a su existencia mediante la ayuda al prójimo.

Aries BÁRBARA VALIENTE

Como Aries que es, Bárbara tiene muy claros sus objetivos y va a por ellos a fuego, arrasando con todo lo que se cruce en su camino. Es pasional, impaciente, fuerte y tiene una gran opinión de sí misma. Los Aries como Bárbara no se quedan a medias: si te odian, prepárate; pero si tienen una buena opinión de ti, pueden llevarte muy lejos. Eso convierte a Bárbara en alguien muy exigente con sus empleados, pero también que sabe valorar cuando una persona posee energía en su interior para cumplir con lo que se proponga, como le acaba ocurriendo con Magüi.

Tauro MACARENA GARCÍA

Macarena comparte con ese primer signo de la tierra una aparente tranquilidad y amabilidad que esconde tras de sí la tenacidad y la cabeza más dura de todo el zodiaco. Si un Tauro se siente incomprendido, se encerrará en sí mismo, volcándose en su mundo interno y en actividades manuales (como la cerámica). Son, por naturaleza, tranquilos, pero si tienen claro algo, como que ese vestido no es, resulta muy difícil hacerles cambiar de opinión.

Géminis PACO CERDEÑA

Los Géminis son personas sociables y divertidas, pero también bastante volubles. Las dos caras de los gemelos se representan en Paco en la manera que tiene de relacionarse con la gente: por un lado, es un importante productor muy inmerso en la industria cinematográfica y con gran cantidad de contactos; mientras que, por el otro, es un hombrecillo consumido por la pasión de la carne (y en especial las de Paquita). Es amigable y simpático, con gran capacidad para los chistes y ganarse a la gente, pero tampoco es muy leal. Que le pregunten a Amaia Montero.

Cáncer CLARA VALLE

Cáncer es, seguramente, el signo más sensible de todos los del zodiaco, por lo que tiene tendencia tanto a la euforia como a la depresión. Los nacidos bajo este signo suelen dar más importancia a sus sentimientos que a cualquier otra cosa, por eso encaja muy bien con Clarita. Ella tenía muy claros sus sueños, pero sabe que no valen tanto como el sufrimiento que le han hecho pasar. Por ello, utiliza sus virtudes Cáncer de cuidado, amor y respeto hacia la madre de Paquita. Los Cáncer son buenos creando una familia allá donde van, y Clara la creó en Navarrete.

Leo PAQUITA SALAS

Todo un león, nuestra Paquita ejemplifica las mejores virtudes de este signo, que van desde una gran capacidad de liderazgo y valor a la hora de afrontar los problemas hasta la capacidad para destacar. Sin embargo, es mi amiga y os digo las cosas como son: peca de cosas muy Leo. Es un poco egocéntrica, marimandona y le gusta presumir de su agenda de contactos o de sus innumerables éxitos. Eso sí, los Leo como nuestra Paquita siempre esconden bajo esa facha de liderazgo una fuerte humanidad y una gran dificultad para cerrar las heridas del pasado.

Virgo BELINDA WASHINGTON

La mayor virtud que se puede atribuir a un Virgo es su capacidad de observación y de análisis. Y aunque parece que Belinda está a su bola demasiado tiempo, eso no es más que una señal de que está poniendo su foco en algo que considera más relevante, ya sea Tinder, la acuarela o su banda de jazz. Esa visión de túnel, la de fijarse solo en una cosa cada vez y al máximo detalle, les hace parecer obsesivos y controladores, pero en realidad los Virgo como Belinda son personas más bien tímidas, que prefieren estar al margen de los grandes conflictos y actuar solo cuando creen que han recogido todos los datos para poder lidiar con una situación comprometida.

Libra BELÉN DE LUCAS

Se ha dicho de los Libra que son personas indecisas y con mucha dificultad para encontrar su camino en la vida. Esto en parte es cierto, y se ejemplifica perfectamente en el caso de Belén, que primero quiere se actriz, luego duda, quiere ser dramaturga, duda... Pero las personas nacidas bajo este signo también tienen una maravillosa capacidad de cuestionar, poner en duda y de obligar al resto a hacerse preguntas. Los Libra luchan por un mundo mejor, más justo y más equilibrado, y son buenos pacificadores. Una especialidad suya es cerrar heridas entre la gente, cosa que Belén hizo a la perfección con *Hasta Navarrete*.

Sagitario MARÍA ROSA COBO

Mi signo es Sagitario y, como todos bien sabéis, es un signo que se mueven en el mundo de los sueños y la exploración de nuevas realidades. Como Sagitario, me considero una persona alegre, optimista y con una gran curiosidad por el mundo a nuestro alcance y el que está más allá de nuestros sentidos, pero también puedo pecar de distraída, poco constante y, a menudo, alejada de la realidad. Debo reconocer que, aunque siempre doy en el clavo con mis predicciones, a veces he llevado mis poderes más allá de lo debido, por aquello que tenemos los Sagitario de no saber calibrar del todo nuestras energías.

Escorpio

NOEMÍ ARGÜELLES

Escorpio es uno de los signos más complicados del zodiaco, ya que habla desde el interior del yo, y eso supone que las personas bajo ese signo están muy relacionadas con aquellas cosas de las que la gente no habla: el sexo, la muerte, las drogas, el crimen... Digamos que Noemí sabe bastante de todas estas cosas, pero es que, además, Escorpio es un signo de gran intuición y astucia, capaz de entender a las personas en sus deseos más íntimos. Esto puede convertirlos en manipuladores en potencia, y a veces les otorga un aura un tanto peligrosa; pero también es una gran ayuda para que las personas abandonen sus represiones y luchen por ser ellas mismas.

Capricornio LIDIA SAN JOSÉ

La característica más importante que define a Lidia como Capricornio es el trabajo duro. Lleva desde que es una niña centrada en lo de ser actriz, y aunque ha habido momentos duros, ella no solo no se ha rendido, sino que se ha esforzado aún más por llegar hasta donde se proponía. Como Capricornio, extrapola este poder a los demás, y no puede permitir que personas como Paquita se rindan. A veces, la presión puede llegar a bloquearlos, pero recurren a experiencias pasadas para desbloquearse y guiar sus pasos.

CATÁLOGO PRIMAVERA-VERANO

B-Fashion

B-Fashion

EL MEJOR
SHOWROOM
DE ESPAÑA

MODA
GELATTO

BÁRBARA VALIENTE

¿Es este el catálogo definitivo para
que te conviertas en una B-Fashion victim?

¡EVIDENTEMENTE!

OLVÍDATE DE LOS ESTAMPADOS DE FLORES,
DE PALMERAS Y DE TUCANES. TE PROPONEMOS
UN ESTILO MÁS FRESCO Y DIVERTIDO BASADO
EN LOS HELADOS QUE MARCAN LA LLEGADA DEL
BUEN TIEMPO. DI ADIÓS A LAS FLORES HAWAIANAS
Y HOLA A LOS PIRULOS TROPICALES.

Los años 2000

En la cresta de la ola

En la Nochevieja del año 1999, todo el mundo pensaba que se iba a acabar el mundo. Recuerdo estar tirada en el sofá, poniéndome fina de polvorones mientras veía *TPH Club*, que era un programa para niños con dibujos a ordenador y en el que salía mi queridísima representada Paloma Lago. De pronto, aparece uno de esos muñequitos que se llamaba Supereñe, histérico perdido porque si el efecto 2000 se cargaba los ordenadores, él y sus compañeros iban a desaparecer. Chica, qué angustia. Casi me atraganto viva con los polvorones.

Yo, si os digo la verdad, nunca he sido muy de ordenadores y no entendía bien qué era eso del efecto 2000. Pero, al final, entre el Supereñe, María Rosa, que me ponía la cabeza loca con la «segunda venida», y los demás paranoicos de mi alrededor, acabaron por acojonarme y tuve a Fernando Canelón todas las Navidades apuntando en cuadernos Enri todos los datos que teníamos almacenados de PS Management. Luego caímos en que podíamos haberlo impreso, pero, mira, yo los cuadernos aquí los tengo por lo que pueda pasar y todos salimos ganando: a Fernando le regalé una botella de Freixenet y, si internet se va algún día a la mierda, yo tengo en mi posesión un documento que demuestra que Gwyneth Paltrow le quitó el papel a Miriam Díaz-Aroca en *Shakespeare in love*.

Aun así, yo estaba convencida de que el nuevo milenio no iba a traer más que grandes éxitos a PS Management. Y tenía razón, porque desde que me tomé las doce uvas en la fiesta que organizó Paco Arango en su casa, el mundo no solo no se acabó, sino que cuatro días después estrenábamos con gran éxito la serie *¡Ala... Dina!*, donde Lidia San José se consolidaba como la profesional que ya se intuía en *A las once en casa*. A Paco le tengo yo mucho cariño porque la verdad es que la serie era la bomba, y luego él fundó con el mismo nombre una asociación que ayudaba a niños con cáncer. Debo reconocer que la noche del estreno me tiré un poco a su cuello, y él me hizo una cobra que ni Bisbal: «Paca, que te equivocas de Paco...», me dijo. Y tenía razón, porque yo a Paco Cerdeña, pese a todo, no le había olvidado.

Tengo en mi posesión un documento que demuestra que Gwyneth Paltrow le quitó el papel a Miriam Díaz-Aroca en *Shakespeare in love*.

Joder, es que es muy difícil quitarte de la mente a tu exmarido cuando la industria es tan pequeña y acabáis coincidiendo hasta en la sopa. Película que llevaba a uno de mis representados, película en la que estaba Paco Cerdeña metiendo el hocico. ¿Que conseguía un papel para Pablito Galán en *El Bola*? Pues ahí estaba Paco, que qué casualidad, que cuánto tiempo sin vernos, que si coge un cruasán del catering que están que te mueres. ¿Que me iba con Marta Fernández Muro al casting de *La comunidad*? Pues ahí estaba Paco, que si conozco a Álex (de la Iglesia) y que si nos tomamos algo en el Gallo, que, claro, que así es como se cierran los acuerdos entre amigos. Si hasta apareció en los camerinos de *Noche de fiesta,* que estaba yo consolando a Mabel Lozano porque se acababa de enterar de que la sustituían por Juncal Rivero y me dicen los de producción que está Paco fuera preguntado por mí, con un ramo de flores y un deseo en la mirada de esos que te incendian por dentro como si fuera gasoil.

A Paco le dejé yo para casarme con mi trabajo.

Y una no es de piedra. No es tonta, pero tampoco es de piedra. Y aunque le mandaba a la mierda una vez sí y otra también, al final pasó lo que tenía que pasar. En el rodaje de *Lucía y el sexo,* se les cayó Emma Suárez en el último momento y tuvo que ser sustituida por Ana Risueño, que rodó unas cuantas escenas en Madrid, pero Julio Medem no terminaba de verla. Estaban de los nervios porque no había tiempo para ensayar y hasta había que volver a rodar las escenas de Ana. Menudo pifostio. Julio me llamó desesperado y me preguntó si Najwa estaba disponible para hacer el papel, que era así como de *hippy* intensita. Aunque Najwa no estaba muy segura porque era muy poco tiempo para preparar el papel, yo le dije al director que por supuesto, que Najwa Nimri y yo y PS Management siempre hemos estado y siempre estaremos disponibles para Julio Medem.

El rodaje era una parte en Madrid y la otra en Formentera, así que allí que nos fuimos Najwa y yo. Pero antes, Julio me dice: «Que no sé si es buena idea, Paca. Que Paco Cerdeña produce y se viene también». Yo le respondí que a ese señor le había dejado yo para casarme con mi trabajo, y que no iba a dejar a Najwa sola en ese momento crucial de su carrera. Pero ahora, viéndolo con perspectiva, lo mejor hubiera sido no haber ido.

Primero, Paco se mostró distante porque después del espectáculo de *Noche de fiesta*, había empezado a entender cuál era la situación entre nosotros. Además, el rodaje estaba siendo bastante estresante, porque Najwa no había tenido tiempo de ensayo debido a las prisas. Yo también empecé a agobiarme porque entre Julio y Najwa me estaba poniendo de los nervios, y acabé una noche en el chiringuito de la playa, bebiendo Larios como un cosaco. Apareció entonces Paco, que también andaba esos días con un humor de perros y, entre los dos, quejándonos de los artistas, empezamos a compartir anécdotas y a mearnos de la risa. Cuando me quise dar cuenta, estaba en su habitación, dale que te pego y traicionando la palabra que me había hecho a mí misma desde el divorcio.

Al día siguiente, cuando me desperté, Paco no estaba y yo llegaba tarde al rodaje. El muy cabrón no me había avisado y me tocó darle la vuelta a las bragas y salir pitando hacia allí. Cuando llegué, la situación era muy tensa y Najwa, al verme, la pagó conmigo. Dijo que dónde se suponía que estaba, que una representante debía defender sus derechos y que si no podía contar conmigo, aquella iba a ser la última producción que haríamos juntas. La había llevado sin tiempo a aquel lugar por mi propia ambición y ahora ella estaba teniendo que rodar escenas con chuletas del guion pegadas por las paredes. Yo no me lo podía creer y la llamé niñata desagradecida. Creo que me pasé porque yo ya me sentía suficientemente mal por lo de la otra noche y el enfado de Najwa terminó de rematarme. Pero para cuando me quise dar cuenta, ya era tarde y algo se había roto entre las dos.

Paco me vio mal y vino a consolarme. Yo le grité que todo era por su culpa, que por qué no me había despertado, pero él me respondió: «Estabas tan a gustito… Y en el fondo una representante no tiene que estar ahí en todos los rodajes soltándole el rollo a la gente», o algo por el estilo. Desde luego, Paco nunca ha tenido el don de la oportunidad, y yo me cogí el primer vuelo que salía para Madrid. La película después fue un bombazo porque resultó ser así como un poco guarra y Paz Vega se llevó el Goya a mejor actriz revelación. Años después, mi relación con Julio Medem ha vuelto a la normalidad, pero, aunque he tratado de recuperar la simpatía de Najwa, es despistada y cuando la saludo, parece que no me ve. Mi sueño es que vuelva algún día a PS Management y gane el Goya que tan injustamente le ha estado negando la Academia a lo largo de los años.

Paco trató de hacer las paces conmigo invitándome al Festival de Eurovisión, en Copenhague, donde representaba a España un tal David Civera. El sobre con los billetes todavía lo tengo guardado y tiene una dedicatoria de Paco que pone: «Dile que la quiero, que siempre fui sincero, dile que me está volviendo loco por una tontería...». Al final, tuve que perdonarle, pero le dije que no iríamos a Dinamarca. Él lo aceptó y quedamos como amigos porque además no tardó en conocer a su nueva novia y actual esposa, Amaia Montero. Las entradas de lo de Civera las guardo para quien quiera verlas. Es el único Eurovisión que no he visto desde que tengo conciencia. Y desde entonces tengo la maldición de David y me está matando esta melancolía.

Tras eso y lo de *Lucía y el sexo*, decidí volcarme en mis otros representados, especialmente en aquellos de la tele que empezaban a cosechar bastantes éxitos. Lidia San José seguía ganando cada vez más fama gracias a *¡Ala... Dina!*, hasta el punto de que nos tuvieron que hacer una sección vip en el VIPS (empresa que era propiedad del padre de Paco Arango) para que pudiéramos merendar tranquilas porque en cualquier otro restaurante, la gente se nos tiraba encima para pedirle autógrafos a Lidi.

Además, como mi relación con Paco Arango era estupenda, después de que Paz Padilla abandonara la serie, fue sustituida por mi recomendación personal: Miriam Díaz-Aroca. Los guionistas escribieron que Dina cambiaba de cuerpo porque, total, era una serie de magia potagia y eso tenía bastante sentido. Lo gracioso es que tanto Paz Padilla como Miriam acabarían trabajando juntas unos años después en *Mis adorables vecinos*, que es de lo mejor que se ha hecho en este país en televisión, también os lo digo.

Mientras hacíamos *¡Ala... Dina!* para TVE, nos enteramos de un nuevo formato que estaba desarrollando Pilar Tabares y que iba a cambiar por completo la historia de la televisión y de la música en España: *Operación Triunfo*. Esos chicos cambiaron del todo las normas del juego y todo el mundo quería tenerlos. Es verdad que yo, desde lo de Loquillo, no había vuelto a ser agente musical, pero me picaba el gusanillo, sobre todo con esa chiquilla que me enamoró desde el primer momento: Natalia.

Manu Tenorio es de los que me gustan a mí. De los que te cantan al oído y te empotran en la cama.

No me malinterpretéis, dentro de OT había mucho talento. Rosa de España nos representaba a todas y, chica, yo la veía sufrir a veces y se me saltaban las lágrimas porque pensaba en mí misma y en la mierda de sociedad que a veces nos rodea a las gordas, y me alegré mucho de que ganara. También me gustaba Geno y me dio pena que se fuera la primera, por eso cuando la conocí, le di el mejor consejo que te pueden dar: «Signifícate y haz algo por lo que te recuerden, aunque parezca un fallo». Y creo que se lo tomó al pie de la letra con su giro a destiempo en Eurovisión. Y, por supuesto, también estaba Manu Tenorio que puf... es que Manu Tenorio es de los que me gustan a mí. De los que te cantan al oído y te empotran en la cama. Qué calores más tontos así de pronto, ¿no?

Pero bueno, a lo que iba, que me distraigo: para mí, la que de verdad tenía una estrella en la mirada era Natalia y eso que era de las más jovencitas. Mi intención era hacer lo posible para que esa niña ganara y después convertirla en una artista 360º, porque que tenía potencial, no lo puede negar nadie. Estaba en una fiesta que organizaba gente de allí, de TVE, y se lo dije a Pilar Tabares, que estaba en el jurado. Le dije: «Esa niña es lo más y me gustaría representarla». Ella me dio la razón y me contestó que Natalia era un diamante en bruto y que, si quería, podía darme entradas para la próxima gala. Y yo tan contenta, voy y me planto allí, solo para ver cómo la tía, la Pilar Tabares, la nomina porque tenía que «trabajar mucho más la voz». Que en Operación Triunfo las cosas iban muy rápido y que había compañeros que la superaban, decía. A ella. A Natalia. Mira, me entró una furia que casi subo al escenario y la desgracio. Pero una es una señora y tiene que tragar con esta clase de envidias. Ahora, Pilar Tabares está en mi lista negra desde entonces y que sepa que esta se la guardo.

Al final, decidí que para qué iba yo a enfrentarme a todos los buitres que sobrevolaban a los chiquillos de OT si dentro de mis filas tenía actores que podían convertirse perfectamente en estrellas del baile y de la canción. Demostrado quedó con el éxito de mi Miguel Ángel Muñoz en *Upa Dance*. Le dije: «Miguel Ángel, tú te metes en clases de baile y con esto arrasamos» y no veáis luego los achuchones que me dio cuando lo cogieron. Para Miguel Ángel soy como una segunda madre y porque la primera es bruja, que si no... *Upa Dance* dio el bombazo y ahí iban luego todas las niñas al instituto, con sus carpetas plastificadas con la cara de Rober, que era como se llamaba en la serie. Porque Pablo Puyol es verdad que es buen chico, pero guapo guapo... Comparado con el donjuán de Miguel Ángel pues no tiene nada que hacer, seamos sinceros.

Fernando Canelón era, por aquel entonces, el mejor ayudante que una podía tener. Se llevaba de lujo con todos los representados, pero es que también era un hacha para eso de las nuevas tecnologías. Entre que había trabajado en Telefónica y que creo que tenía miedo de que le volviera a hacer copiar todos los datos de PS Management a mano, pues estaba bastante al día. El caso es que me convenció para modernizar la empresa y crear nuestra primera página web. Compré el dominio «.com» y aquella innovación tecnológica activó muchísimo la empresa y la hizo mundialmente conocida. Años después, tras unos leves problemas económicos, el dominio me fue arrebatado y comprado por una empresa japonesa que aún deben de estar sufriendo el mal de ojo que les eché con ayuda de María Rosa Cobo.

Y es que el nombre de PS era tan atractivo que incluso trataron de comprármelo los del PSOE, porque decían que lo de «Obrero Español» ya no les representaba. Recuerdo que vino a verme Pedro Zerolo y me ofreció una cifra que entonces me parecía poca cosa, pero es que, claro, yo lo de los euros no los controlaba entonces y aún iba a todas partes multiplicándolo todo por ciento sesenta con mi calculadora Casio para hacerme una idea en pesetas. No les vendí el dominio y, al final, no dejaron de ser obreros, pero a mí Pedro Zerolo me cayó divinamente y fue una de las personas que más me han concienciado sobre el movimiento LGTB y lo que sea, que cada año hay una letra más y al final una no sabe ni lo que significa.

> ## El nombre de PS era tan atractivo que incluso trataron de comprármelo los del PSOE, porque decían que lo de «Obrero Español» ya no les representaba.

Y eso que yo he luchado siempre por la igualdad, ¿eh? Que yo soy la primera que si venía un actor así como mariquita a la agencia, no le cerraba la puerta como hacen otros porque no da el perfil y qué sé yo. Yo cogía al mariquita, le ponía un traje de fontanero y le decía: «Si José Sacristán pudo hacer de travesti anarquista, tú puedes hacer de padre de familia de barriada». Y ya está. Yo le contaba todo a esto a Pedro Zerolo, que se meaba de la risa conmigo. A veces íbamos a algunas de las actividades de COGAM y otras quedábamos en la plaza de Chueca y nos tomábamos unos gin-tonics mientras me contaba salseos del mundo de la política, como que cierto diputado supuestamente heterosexual y que no voy a nombrar se llevaba a sus ligues masculinos al Congreso para impresionarlos, dejando siempre para lo último la visita a los retretes de sus eminencias.

Gran hombre, Pedro. Me llamaba Paquita la Mariliendre. Yo estuve en su boda cuando consiguió que España fuera el tercer país del mundo en legalizar el matrimonio gay y fue muy emocionante. Recuerdo que me lo pasé pipa con Cayetana Guillén Cuervo, que, como ya he mencionado, ha estado en todas las fiestas importantes de Madrid desde 1985; con Boris Izaguirre, al que ya conocía por una colaboración de una representada mía en *Crónicas*; y con Jesús Vázquez, que es guapo como un galán de telenovela. Recuerdo bailar con ellos *La revolución sexual* en la discoteca y mirar a los novios y pensar que nunca había visto en mi vida a nadie tan feliz. Y dije: «Joder con Pedrito, es de los que consigue lo que se propone». Tuvo que venir algo tan rastrero y silencioso como el cáncer para llevárselo. Porque el cáncer es eso, silencioso. Si se le pudiera vencer hablando, el tumor no lo mata. Os lo digo yo.

Bueno... en PS Management no solo recibíamos buenas ofertas, y es cierto que tuvimos unos cuantos problemas fiscales de los que nuestra auditoría Deloitte nos había empezado a advertir y que amenazaban con salir a la luz más pronto que tarde. Pero, fijaos lo que es el destino, un sábado por la noche, el edificio Windsor, donde se guardaban todos esos papeles que podrían involucrar a PS Management, se quemó. Recuerdo que Fernando me llamó, asustadísimo, preguntándome si había visto lo que estaba pasando en el edificio de nuestra auditoría, del que encima había vídeos con unas sombras hablando dentro. Mi única declaración al respecto es: uno, a partir de ese momento PS Management empezó a organizarse mejor a nivel fiscal; y dos, yo dejé de fumar.

Fue por esa época cuando se produjo el supuesto secuestro del Oscar de Alejandro Amenábar sobre el cual tengo que pronunciarme para acallar ciertos rumores. A ver, de todos es sabido que, después de que *Mar adentro* fuera premiada, Alejandro se paseaba con el Oscar por todo Madrid. Bueno, pues después de un evento en la Casa de América, donde enseñó el Oscar y estuvo haciendo el paripé, nos fuimos de fiesta a Chueca. A mí me invitó Javier (Bardem); me dijo: «Vente, Paquita» y yo fui. Siempre un caballero, Javier. En los Goya que di el premio a mejor actriz revelación, él se encargó de pasar por las primera filas las tarjetitas de Nuevo PS. Un encanto. Eso sí, Belén Rueda es más distante. Yo creo que es porque rechacé cogerla en la agencia cuando era joven. Chica, ¿y yo que sabía? Pensé que no llegaría a nada y tampoco hay que ser rencorosa.

Alejandro estaba hablando conmigo, contándome la enigmática obsesión de Nicole Kidman por los actimeles desde que los probó en España.

Al caso. Pues estábamos en Chueca, en una fiesta privada por lo del Oscar, y Alejandro estaba hablando conmigo, contándome la enigmática obsesión de Nicole Kidman por los actimeles desde que los probó en España y que acabaría por volverse inmune a todo como Susana Griso. Como ya he dicho, Amenábar se llevaba el premio a todas partes, así que se fue al baño con él. Yo, preocupada por la estatuilla, lo seguí y vi cómo lo dejaba en el lavamanos mientras meaba. Yo pensé que ese era muy mal sitio y temí que pudieran robárselo, porque en una fiesta del cine hay dos cosas que desaparecen si las dejas encima del baño: los premios y, bueno, ya sabemos todos qué es lo otro; le cogí el Oscar sin más intención que cuidárselo hasta el día siguiente, cuando estuviera más tranquilito. Lo que pasa es que, claro, como su corte de mariquitas me pilló metiéndome en el taxi con el premio, se pensaron lo que no era. Y ahora, mi relación con Amenábar se ha visto deteriorada, no lo voy a negar. Solo quiero transmitirle desde aquí un cálido saludo y mis disculpas por la confusión. Alejandro, tengo una chiquita estupenda para tu próxima peli: Melody, mejor que la Emma Watson esa, que solo sabe hacer de listilla. Llámame y te paso el *videobook*.

Aparte de lo de Amenábar, otra espinita que también tengo clavada de estos años es la de no haber podido meter mano ni en *Los Serrano* ni en *Aquí no hay quien viva*, que eran series que tuvieron mucho éxito en aquel momento. A mí me gustaba mucho la niña de *Los Serrano*, Teté, interpretada por Natalita Sánchez, y que tenía un gran potencial de ser 360°. La quería añadir a mi cantera de niños actores, pero entre que estaba cogida y que rondaba por ahí la influencia de Belén Rueda, pues no pudo ser. Y con *Aquí no hay quien viva*... bueno, digamos que no me llevaba yo muy bien con José Luis Moreno desde *Noche de fiesta* y el pollo que le monté delante de los directivos de TVE por la sustitución de Mabel Lozano. Pero eso es algo que queda entre él y yo, y que ya solucionaremos cuando él esté dispuesto a pedir disculpas.

Eso sí, a mí no me iban a pillar tres veces. Anduve lista para meterme en la que iba a ser el próximo *hit* español: *Aída*. Yo fui pionera en este país en reconocer la valía como actriz de Carmen Machi. Tengo testigos. Lydia Lozano es uno de ellos. El actor que enganché ahí fue Óscar Reyes, para hacer el papel de Machupichu. Recuerdo que él me dijo: «Pero, Paquita, ¿cómo voy a hacer yo de camarero latinoamericano si soy mitad japonés mitad gitano?». Y yo hasta me enfadé. Le dije que desde cuando un japonés-gitano no podía hacer de latino, si además llevaba viviendo toda la vida en el barrio de Tetuán. Tanto insistí que al final hizo el casting y le cogieron. Y es gracias a mí por lo que ahora todo el mundo le conoce.

Pero pasaba el tiempo y yo a la actriz 360°, esa perfecta que te hiciera igual comedia que drama y que me dedicara el Goya con lágrimas en los ojos... pues no llegaba. Porque Lidia era estupenda, sí, pero le había cogido gusto a lo del *Pasapalabra*, a donde fue un día y luego otro y otro..., que iba casi más que Silvia Jato. Y aunque para ser una actriz 360° la edad no es un problema, Miriam y Belinda estaban en otro momento vital y yo lo que buscaba era algo fresco, como Michelle Jenner, que estaba por entonces en *Los hombres de Paco*, o «los hombres de Paca» como lo llamó Paco Tous un día en el que él, Pepón Nieto, Hugo Silva y yo salimos por ahí y... bueno, vamos a dejarlo ahí porque una cosa es hacer una biografía al desnudo y otra empezar a poner al personal en aprietos conyugales.

Michelle me parecía simplemente maravillosa y veía en ella lo que luego el tiempo ha terminado por demostrarle al mundo: una joven que igual te hace de reparto en Almodóvar, que de protagonista como Isabel la Católica, que una comedia con Dani Rovira buscando un gato. También ha hecho *El Continental* con Frank Ariza, y está que se sale, yo estoy deseando que se ponga en mis manos y vayamos a por el Goya, aunque creo que está muy a gusto con su representante y lo más seguro es que me acabe comiendo una mierda.

Tarazona es mi momento y cuando estoy en Tarazona no quiero que nadie me moleste.

Pero no todo era trabajar, también os lo digo. La mayor parte del tiempo trataba de encajar mi vida personal con la profesional. El ejemplo claro de ello es el Festival de Cine de Comedia de Tarazona y el Moncayo, que se fundó en 2004 en honor al grandísimo actor Paco Martínez Soria. Dada mi amplia experiencia como representante de actores cómicos, me invitaron a la primera edición y, desde entonces, no he dejado nunca de ir, llevando a muchos de mis representados para que entregaran las categorías más importantes de los premios. Tarazona es mi momento y cuando estoy en Tarazona no quiero que nadie me moleste. A la gente ya la tengo avisada que ni una llamada cuando estoy en Tarazona. Fernando Canelón puede dar constancia de ello, que le llevé a la mayoría de las ediciones, le presenté a la mejor gente y lo invité en el Amadeo I y no me vio coger el teléfono ni una sola vez. Teléfono y Tarazona, pues no.

Porque, además de para celebrar el cine de comedia, un género maltratadísimo a pesar de ser el mejor de todos, yo si voy a Tarazona es para pasarlo bien. Lo mejor es el ya mencionado Amadeo, un bar regentado por el bueno de Eladio, un caballero donde los haya, a pesar de ese asunto que ya sabe él. Aunque llegó a abrir otra sede en el centro de la ciudad (el Amadeo II), por motivos de la gentrifugación esa, pues ahora resulta que es un Tigre. El Amadeo I, fuera del municipio y a unos 8 km de Borja, se conserva y sigue siendo el lugar donde se comen los mejores torreznos del mundo. La primera persona que me llevó fue Constantino Pérez, el entonces director del festival y que actualmente se encuentra fallecidito, el pobre. Yo me lo tiré. Siempre que iba a Tarazona, me lo tiraba. Íbamos al Amadeo I y nos poníamos finos a torreznos y gin-tonics y luego encima nos zampábamos un cordero lechal con otra gente de la industria para celebrar el cine. Por la noche, retozábamos como dos manatís en celo y os puedo jurar que nadie hay en este mundo que coma mejor un coño que Constantino Pérez, de Tarazona. Ahora el festival ha cambiado mucho. Lo lleva su hijo, un moderno residente en Aragón que, para el caso, es como ser surfista en Ávila.

Pero también había vida social en Madrid, ¡eh! No os vayáis a pensar. Anda que no he estado veces en casa de Paolo Vasile cenando con todas sus amistades. Fue él quien me presentó a Josep Cister cuando aún no había empezado con *El secreto de Puente Viejo* ni *Tiempo entre costuras*, aunque ya asomaba por ahí en Antena 3 con *Física o química*. Yo creo que Paolo estaba viendo cómo se lo agenciaba. A mí *Física o química* me gustaba e incluso estuve a punto de representar al chiquito este que hacía de mariquita y que se moría protegiendo a su novio. Javier Calvo, creo que se llamaba. Lo que pasa es que, claro, se estancó ahí en ese tipo de papel y PS Management buscaba más bien a gente 360°. Una pena.

En casa de Vasile también conocí a Belén Esteban, que se convirtió desde ese momento en amiga mía íntima. Ella y yo somos muy parecidas. La gente nos ha despreciado mucho por venir de donde venimos, pero nosotras solas nos hemos hecho ver con mucho carácter, desparpajo y sinceridad. Nosotras somos, sobre todo, sinceras la una con la otra. Si yo le tengo que decir a Belén «cariño, Toño Sanchís te está engañando como a una tonta», voy y se lo digo. Y ella lo agradece. Menudos besos me daba en la fiesta que hizo en la discoteca Kapital. Me dijo: «Paquita, yo no soy tu amiga. Yo soy tu hermana». Y desde entonces, lo dicho, íntimas.

Si yo le tengo que decir a Belén «cariño, Toño Sanchís te está engañando como a una tonta», voy y se lo digo. Y ella lo agradece.

Es verdad que en televisión íbamos bien, con Marta Fernández Muro en *Amar en tiempos revueltos* (¡vaya telenovelón, me tenía comiéndome las uñas de los pies!) y con Miguel Ángel Muñoz, que empezó a protagonizar una serie, *El síndrome de Ulises,* que no fue nada mal. El problema es que Miguel Ángel empezó a meterse demasiado en el personaje, un médico pijo que trabajaba en un ambulatorio de barrio, y a tener un comportamiento extraño. Venía a verme a la agencia y me recetaba paracetamoles, auscultaba a la gente por la calle, hablaba sobre enfermedades a sus amigos... Que no digo yo que meterse en el personaje esté mal, pero creo que a él se le fue un poco la bola y empezó a creer que era médico de verdad. Una vez casi me lo detienen por obligar a una señora a abrir la boca en el parque para comprobar si tenía cáncer de garganta. Recuerdo que le cogí, le llevé a mi despacho y le pedí que se tomara unas buenas vacaciones. Luego mejoró, pero de vez en cuando nos encontrábamos *frenadores* en el abrigo y creíamos que era él, que los iba repartiendo por ahí.

Pero en cine, la cosa no terminaba de arrancar. Habíamos tenido el placer de trabajar con Pedro Almodóvar, siempre vía Tinín, al que yo quiero y amo con locura (y él lo sabe, un beso desde aquí, Tinín), y con Luis San Narciso, su director de casting en el exitazo de *Volver.* Me dijeron en la intimidad: «Mira, Paquita, Pedro y nosotros sabemos que la única que puede tener a la actriz para interpretar a la pequeña, a Paula, eres tú. Así que dinos». Y les dije, vaya si les dije. Les propuse a una chiquita nueva que tenía, Yohana Cobo, que era sobrina nieta de mi amiga María Rosa, de lo que me enteré más tarde, porque nepotismo en PS Management, NUNCA; y a Lidia San José, a ver si la sacaba de una vez de su espiral de *pasapalabras.* Al final acabaron escogiendo a Yohana, que les daba más el perfil, y tan bien lo hizo que se llevó el premio a mejor interpretación femenina en Cannes *ex aequo* junto a las otras actrices (Pe, entre ellas). Yohi era mi gran esperanza de actriz 360°, pero no terminó de cuajar la cosa, aunque yo tengo mucha fe en ella y estoy segura de que su momento todavía tiene que llegar, como dije en los Goya.

Aun así, en esos primeros meses de euforia después de *Volver*, era la envidia de toda ARAE (Asociación de Agentes de Actores y Actrices de España), que empezaban a ver en mí un duro competidor si empezaba a convertirme en cantera de chicas Almodóvar. Yo llevaba ya bastantes años inscrita, pero nunca como entonces he gozado de tan buen ver en una organización que, tiempo después, me dio la espalda cuando yo más la necesitaba. Es normal, la competencia es la competencia y al final todos queríamos ser la agencia con la cartera más especial, aunque lo que teníamos todos era un catálogo plagado de actores trabajando en *Cuéntame*.

No sé si debería decirlo por aquí, pero les achaco también a ellos en parte lo de Fernando Canelón. Creo que eran conscientes de que hacíamos muy buen equipo y trataron de destruirlo metiéndole mierda en la cabeza como que, si se iba por su cuenta, iba a llegar mucho más lejos que a la sombra de Paquitasaurio. Para mí fue una decepción inmensa cuando me dijo: «Paquita, creo que ha llegado el momento de que funde mi propia agencia». Me dolió, me dolió mucho, más aún cuando me enteré de que la quería llamar Red Carpet, que ya me diréis. ¿No le había enseñado nada? Pero al poco tiempo me calmé y me acordé de mi mentora, María José Poblador, y de esa frase suya de que parte de ser una buena maestra consistía en dejar ir al alumno cuando estaba preparado.

Fue una mala temporada, no os lo voy a negar. Fernando se fue con algunos de los representados más potentes, como Miguel Ángel Muñoz, que al final tenían más relación con él que conmigo (a pesar de que yo a Miguel Ángel, desde *El palomo cojo*, se lo había dado todo); pero pensé que yo también me llevé en su momento a María Abradelo o a Loreto Valverde cuando fundé PS Management y que lo de ser hipócrita sentaba muy mal al cutis. Preferí encerrarme en mí misma y aislarme del mundo para reflexionar, como tiendo a hacer cuando siento que he perdido el camino.

Pero claro, yo ya le había prometido a Carolina Bang que iría a ver con ella *High School Musical* al teatro Lope de Vega de Gran Vía. A Carolina, a la que conocí vía Álex de la Iglesia en una de sus míticas salidas de cañas, estaba desesperada porque nadie (y mucho menos Álex) quería ir a ver con ella el musical, así que le dije: «Tú tranquila, Carolina, que para ver cantar a Gabriella y Troy me tienes a mí». Llegada la hora de la verdad, me apetecía un culo ir, pero me daba pena darle plantón a Carolina Bang (que ya veis luego lo agradecida que es, que se metió con mi Lidi cuando lo del corto de Edwin).

Así que ahí estaba, en el teatro, viendo aquel musical rodeada de adolescentes y de Carolina que gritaba más que ninguna. Aunque yo era fan de *High School Musical,* que la había visto ya en Disney Channel, no podía animarme del todo pensando en las muchas dificultades que me tocaba enfrentar ahora, empezando por la contratación de un nuevo ayudante. Todas esas ideas bullían en mi cabeza al ritmo de «Breaking free», cuando me fijé en ella. Tenía una voz preciosa y unos ojos que atravesaban los muros del teatro y el corazón de los espectadores. Reía, lloraba, cantaba, bailaba y despedía pura energía a 360°. Le pregunté a Carolina Bang: «¿Quién es esta niña?». Y ella me respondió que se llamaba Macarena. Macarena García. Mi Maca.

Pero cuando el musical terminó, no me atreví a salir y hablar con ella. El miedo me paralizaba. Carolina me preguntó si estaba tonta, que esa niña había empezado a petarlo y que seguro que estaba deseando tener una representante como yo. Pero yo ya tenía demasiadas decepciones a mis espaldas y no podía soportar una más.

Le pregunté a Carolina Bang: «¿Quién es esta niña?». Y ella me respondió que se llamaba Macarena. Macarena García. Mi Maca.

Volví a mi juventud, cuando espiaba a María José Poblador desde la calle esa de Tetuán donde estaba su agencia. Fui al teatro todos los días que estuvo la obra en Madrid y nunca me quedé a hablar con Macarena. En cuanto echaban el telón, me volvía a casa, pensando que al día siguiente sería mucho más fuerte. Pero nunca era así, y los días pasaban, y la obra iba a empezar una gira por España y a saber cuándo podría yo hablar con Maca.

Una de esas noches, volviendo a casa, llamándome tonta y cobarde por la Gran Vía, me encontré con una mujer que me sonaba ligeramente. Ella bajó la cabeza y continuó andando, pero era demasiado tarde. Ya la había reconocido. Le pregunté: «Perdona, ¿eres Silke?». Ella se paró y asintió con la cabeza. Hacía mucho tiempo que ya no la reconocían por la calle. Yo me mostré entusiasmada porque era una chica que prometía mucho en los noventa e hizo bastantes cosas con Julio Medem y con Icíar Bollaín, pero ella no dejaba de sentirse ligeramente incómoda e hizo lo posible por marcharse.

Yo le interrumpí el paso. No podía dejarla ir sin saber por qué. Por qué en dos años lo hizo todo y cuando estaba en lo más alto, lo dejó. Silke se encogió de hombros y me respondió: «Cuando viene una ola, o la surfeas o te hundes». Y se marchó metiéndose por la calle de Libreros y dejándome con un regusto así como amargo en la garganta.

Al día siguiente, era la última actuación en Madrid de Macarena y yo no podía sacarme de la cabeza las palabras de Silke, así que me tragué el espectáculo que ya me sabía de memoria, aplaudí como la que más y corrí hacia los camerinos esquivando a guardias y equipo de producción. Me planté delante de Macarena y le dije: «Mi nombre es Paquita Salas y soy tu representante». Ella, que se estaba quitando unas cosas del pelo, se me quedó mirando con los ojos muy abiertos. Después, se partió de risa y me respondió que estaba encantada de conocerme.

Me planté delante de Macarena y le dije: «Mi nombre es Paquita Salas y soy tu representante».

Así fue como decidí surfear la ola y empecé a representar a Macarena. Le hice ver que su mundo estaba mucho más allá de los musicales y que con esos ojos, era carne cinematográfica. Eso sí, había que empezar como todos, haciendo muchas series como *Hospital Central* al principio (que es como *Cuéntame*, todo actor español que se precie ha pasado por ahí); hizo el papel de Chelo en *Amar en tiempos revueltos*, con el que se ganó a todas las señoras de España. Después también hizo *Luna, el misterio de calándula*, pero yo, lo del terror y el suspense, desde aquella película que vi de Chicho Ibañez Serrador, lo llevo fatal. Macarena, sin embargo, era como una esponja de ducha e iba absorbiéndolo todo allá donde pisaba. Aprendiendo, formándose, convirtiéndose poco a poco en una actriz 360°.

Y entonces llegó *Blancanieves*. A mí lo de hacer una película muda y en blanco y negro en estos tiempos me pareció una locura, pero yo había oído hablar muy bien de Pablo Berger y pensé que, a lo mejor, si escuchaba la voz tan bonita que tenía Maca, podía convencerle de ponerla ahí, cantando con los pajaritos, como en la de Walt Disney. Quedamos en un bar por Alonso Martínez, porque estaba muy interesado en Maca y, al final, no sé muy bien cómo, fue él con su boina y su sonrisa picarona quien me convenció de que la película solo podía ser muda y sin pajaritos. Es más, Blancanieves tenía que ser torera.

Yo confiaba en Maca como la que más, pero con tanta competencia no estaba yo segura de que fuera a llegar a lo más alto con su primera película, pero *Blancanieves* no solo fue un éxito en taquilla, sino también a nivel de premios y la película y Macarena estaban cada vez más en el ojo público. Así hasta las nominaciones a los Goya, donde mi niña era candidata a mejor actriz revelación.

Mientras me ponía el vestido de la gala, pensé que ese año que acababa de terminar, el 2012, el mundo no se había acabado. Igual que en el 2000, a la gente le encanta pensar que todo se acaba en un momento dado, pero a nadie se le ocurre que puede ser el inicio de algo nuevo. *Blancanieves* se había estrenado en 2012 y yo creía que era más una creación que un apocalipsis. Y recuerdo estar sentada en la butaca, con los nervios revolviéndome el cuerpo y sin perder de vista a Maca, unas filas más adelante, y pensar: «Se lo van a dar. No queda otra, se lo van a dar». Y se lo dieron.

Las lágrimas me caían así como en cascada mientras mi Maca subía a ese escenario a recoger SU premio de manos de Goya Toledo y de José Corbacho, que si me lo llegan a decir a mí unos años atrás no me lo creo. Y pensé en la primera niña a la que representé, la Julieta manca, y en mi amiga Charo; y en mi madre y en mi tía Adela, que me convirtieron en la mujer que era; y en María José Poblador, mi maestra y mentora, y en Cayetana y Azu y Ana y María Rosa y Belén Esteban, que siempre han estado ahí; y sobre todo en mis chicos de PS Management, por haber confiado en mí para que les representara. A todos ellos les agradecía yo aquel premio, mientras Macarena hacía lo mismo, pero en voz alta. Aquel fue el momento más feliz de mi vida.

Lo malo es que, quizá, no fuera tanto un inicio como un final. Y por entonces yo ignoraba que, en verdad, ese 2012 sí había sido el año del apocalipsis.

Mi agenda de contactos

Nombre	Comentarios
AGUSTÍN ALMODÓVAR (TINÍN)	*Llamar para comentarle lo de Yohana.*
JUANI LABRADOR	*Como mi hermana. Recomendar como representante alternativa.*
MASSIEL	*Me debe botella de Larios.*
CAYETANA GUILLÉN CUERVO	*Fiesta en su casa el próximo 13 de junio.*
MARÍA JOSÉ POBLADOR	*Maestra de vida.*
~~JULIO IGLESIAS PUGA (PAPUCHI)~~	*Muerto.*
~~JESÚS HERMIDA~~	*Me debía un favor, pero está muerto.*
JACQUELINE DE LA VEGA	*Nada de apostar con ella.*
LIDIA SAN JOSÉ	*Informarla de que han cancelado Pasapalabra.*

Nombre	Comentarios
BELINDA WASHINGTON	Entrevista con MTV por «Cinco deditos».
PILAR LÓPEZ DE AYALA	Ella y Montxo pueden irse a freír espárragos
MACARENA GARCÍA	Preguntar qué tal con el «Rockerillo», si va mejor.
MARIONA TERÉS	Me debe tres películas.
BELÉN DE LUCAS	Retirar denuncia que puse por si la peli no me gustaba.
CLARA VALLE	Me tiene que enviar los torreznos que le dije de Navarrete.
MIRIAM DÍAZ-AROCA	Me debe el dinero de Toy boy.
LORETO VALVERDE	Chocolate con churros en San Ginés. A las 11:00 el miércoles.
ARANCHA DE SOL	Cerrar comida con ella y Finito para hablar de posible retorno.
MARÍA ABRADELO	No mencionar lo del disco.
MINERVA PIQUERO	Si llama, no estoy.
MIGUEL ÁNGEL MUÑOZ	Preguntar por los paracetamoles que aparecen en el buzón de Nuevo PS.

Nombre	Comentarios
CARMEN MORALES	Hablar con ella para que me invite al homenaje de su madre.
LIBERTO RABAL	Retirar orden de busca y captura.
CECILIA GESSA	Ir a ver el teatro que hace con su Carlos (Bardem). Ahora es productora, así que tener en cuenta.
ÓSCAR REYES	Casting Hernán Cortés.
ESMERALDA MOYA	Clínica desintoxicación Cola-Cao.
YOHANA COBO	Meter en la nueva de Almodóvar como sea. Tiene que volver.
FERNANDO COLOMO	Comentar un proyectito. Cuando se deje.
ALFONSO ALBACETE	Reconciliar con David.
DAVID MENKES	Reconciliar con Alfonso.
JULIO MEDEM	¿Nueva película con Lidia? ME LO DEBE.
CARLOS BARDEM	Ir a ver el teatro con Cecilia.
ALEJANDRO AMENÁBAR	Recomendar a Carlota García, la niña de El internado, pero no mientras dure el enfado por lo del Oscar.

Nombre	Comentarios
PEDRO ALMODÓVAR	Me tiene que devolver las gafas de sol que le dejé en la última rueda de presa.
PACO CERDEÑA	NO LLAMAR.
MAGÜI MORENO	Dar de alta Seguridad Social. Cuando me acuerde.
NOEMÍ ARGÜELLES	Construir en casa un hueco como en La trinchera infinita por si viene a buscarla la policía.
MARÍA ROSA COBOS	Lectura tarot, viernes a las 6. Preguntarle por el amor.
ÁLEX DE LUCAS	Le llevo diciendo seis años que arregle la lámpara. Insistir.
PITI ALONSO	Pedir invitaciones para estreno de Rifkin's Festival (con tiempo).
LUIS SAN NARCISO	Insistir en Yohana.
CARMEN BORREGO	Reconciliar con Belén Rodríguez.

Nombre	Comentarios
ANTONIO RESINES	Pedirle que deje de colarse en los sueños de la gente. Los míos, por ejemplo, se están volviendo acalorados.
FERNANDO CANELÓN	Mi antiguo ayudante. A ese, ni agua.
CARLOTA (CHARLOTTE GARCÍA)	¿Sigue viva?
DANIEL ÉCIJA	Hablar para que haga hueco a cualquiera de mis chicos en La Valla.
JOSEP CISTER	¿Qué pasa al final con la florista Trinidad en Puente Viejo? ¿Vuelve o no vuelve?
ELVIRA MÍNGUEZ	Responder a lo que dijo en Fórmula TV. Si ella no se acuerda de lo que me hizo, es su problema.
PAOLO VASILE	Cena en su casa el próximo sábado con Belén.
AURA GARRIDO	Retirar orden de alejamiento de Magüi.
JUAN ECHANOVE	Me tiene que devolver los chales que utilizó para la película.
ANA OBREGÓN	Antes me debía un favor, ahora me debe dos.

Nombre	Comentarios
VIOLETA GIL	Pedirle a María Rosa que se deshaga de su muñeca vudú. Ya ha tenido suficiente.
CHARO	Preguntar por el divorcio.
PEPE	*NO LLAMAR.*
SUSANA URIBARRI	Mantener cordialidad, porque si no...
PACO LEÓN	Proponerle hacer lo de «La Casa de los Flores», la de verdad. Así, en plan «Arde lerele».
TAMARA GORRO	Devolver cubertería de la boda y explicarle que pensaba que era el regalito que daban.
KIKO HERNÁNDEZ	Retirar la palabra.
JORGE JAVIER VÁZQUEZ	Quiere salir de fiesta conmigo al Rick's.
RUTH LORENZO	Ir a verla al Lara, que hace de Dios en La llamada, y comentarle un proyectito.
BELÉN ESTEBAN	Nos vemos en la cena del miércoles de Paolo.
EL MÍGUEL	Marido de Belén Esteban. Me tiene que devolver la maleta.
YON GONZÁLEZ	Pedirle contacto de Blanca.

Nombre	Comentarios
ARTURO (DEL BAR ESTRELLA)	Pedirle torreznos para que me los envíe Clara.
JAVIERA BELLOT	Estafadora absurda.
LELI GUZMÁN	Quedar para lo del calendario solidario 2020.
CONSTANTINO PÉREZ	Antiguo director de Tarazona. Muertito, el pobre.
VICENTE PÉREZ	Nuevo director de Tarazona. Pasar de él.
JOSÉ MARÍA (LOQUILLO)	NO LLAMAR.
CAROLINA BANG	Quedar y hablar cara a cara lo que dijo de Lidi en Tuiter.
ÁLEX DE LA IGLESIA	Copas en el Gallo para solucionar lo de Carolina.
ENRIQUE URBIZU	Me debe dinero.

Currículum de Magüi

María Luisa Moreno

Resolutiva, dinámica y *fashion victim.*

Nacida en Sevilla el 24 de enero de 1984. Posteriormente, creció en Fuengirola y emigró a Melilla para realizarse profesionalmente, donde aprendió árabe. En la actualidad reside y trabaja en la ciudad de Madrid.

Experiencia

15 de julio de 2002 – 16 de julio de 2002: **Sexadora de pollos, Fuengirola:** Embutidos Hermanos García S. L.

2008 – 2009: **Diseñadora de productos gastronómicos de la fortuna, Melilla:** Restaurante La Gran Muralla.
Redactora profesional y cualificada de los textos de las galletas de la fortuna.

2009 – 2010: **Recogedora de pelotas de golf bajo el agua, Melilla:** Golf Melilla Cinco Estrellas.
Buzo profesional y captadora de pelotas extraviadas bajo el agua.

2010 – 2011: **Consultora de Colores (Color Doctor), Madrid:** Asociación Internacional de Consultores de Color.
Profesional en la psicología del color y el marketing para proyectos.

2010 – 2018: **Jefa de secretaría, Madrid:** PS Management.
Asistente personal de la representante de actores Paquita Salas en PS Management.

2018 – 2019: **Jefa de secretaría, Madrid:** B-Fashion.
Asistente personal de Bárbara Valiente, jefa del mejor show-room de España, B-Fashion.

Formación

1987 – 2002: Colegio Público Santa Amalia, Fuengirola: Primaria y secundaria.

2002 – 2008: Universidad Complutense de Madrid, Madrid: Graduada en Marketing.

Junio de 2008 – agosto de 2008: Curso en Buceo Profesional de Pequeña Profundidad, Fuengirola.

Marzo de 2011, treinta minutos: Curso online en Redes e Informática, Madrid: PowerPoint gratuito.

Idiomas

Español: Natural y fluido, del sur.

Inglés: Suficiente para vivir.

Árabe: Muy alto (casi nativo).

Aptitudes

Diplomática en el trato.

Sutil en el trabajo.

Preparada para la recepción de críticas.

Experimentada en situaciones límite.

Proyectos

2019: *Hasta Navarrete*: Producción. *Película de éxito nacional e internacional.*

2012-2019

Caer y levantarse

Ya sé lo que os estáis preguntando desde hace un rato: ¿Y Magüi? Porque alguien tendría que sustituir a Fernando Canelón, y una empresa de referencia en el sector, como es PS Management, no podía seguir funcionando solo conmigo al frente de la oficina, y más con la llegada de Macarena García y de otros fichajes importantes como fueron Cecilia Gessa, Esmeralda Moya y Clara Valle.

La verdad es que yo tenía preparada ya toda la explicación de cómo Magüi llegó a mi vida cuando estaba completamente saturada en el 2010 y no podía seguir retrasando la contratación de un nuevo ayudante. Pero Magüi me ha pedido encarecidamente que no hablase de ese momento porque cree que no está preparada. Yo le he dicho: «Vamos a ver, Magüi, que tampoco es que sea esto las Olimpiadas; yo lo cuento y ya está». Pero Magüi erre que erre: «Que no, Paquita, que no quiero. Que ya lo contaré yo si eso cuando crea que es el momento. Además, tu vida en esos años es muy importante sin necesidad de que expliques aquello». A ver, a Magüi la queremos todos mucho, pero es rara rara. Chica, que lo que pasa en Melilla, se queda en Melilla. Eso lo sabe hasta José Luis Gil.

En fin, tendré que decir solo que Magüi se incorporó a trabajar conmigo cuando ya tenía un currículum bastante particular y enseguida noté que ella y yo estábamos hechas la una para la otra. Éramos como Mulder y Scully, Batman y Robin, Timón y Pumba. Magüi aprendió muchísimo de mí y yo debo reconocer que con los años también he aprendido bastante de ella, aunque al principio era torpe como ella sola. El primer día de trabajo me tiró el colacao por encima de todos los contratos de los artistas, y porque estaba allí Esmeralda Moya, que es adicta clínica al colacao y no le importó pasarse la tarde secando los documentos, que si no... (yo creo que alguna lamida les dio, también os digo).

Magüi y yo éramos como Mulder y Scully, Batman y Robin, Timón y Pumba.

A Esmeralda la tuvimos en *Sin tetas no hay paraíso* y de ahí todo *pa' lante*. *Víctor Ros, Desaparecidos...* Y también nos ha hecho buenas campañas de marketing, aunque al principio se mostraba reticente a eso de ser *influenser* de esas. Magüi le consiguió un viaje a Tenerife que tenía que hacer con Mr. Potato, el juguete que es como una patata *frankenstein*, y todavía la chica ponía caras raras. Pero luego bien que se lo pasó, que hasta lo llevaba a la piscina y hacía como que el juguete comía mojo picón. Un éxito.

Ahora bien, como ya mencioné antes, todos esos felices años 2000 estaban a punto de acabar. Celebramos todos el premio Goya de Maca con una fiesta que organicé en el Palentino de la calle Pez a la que acudieron grandes personalidades como Isabel Coixet o María Patiño (con la que tendría un roce importante en el dieciocho cumpleaños de la Andreíta de Belén y del que aún no nos hemos recuperado). En el Palentino, Maca trató de volver a enchufarme a su hermano, Javier Ambrossi, pero a mí la verdad es que el chaval no me parecía que tuviera futuro. Ella decía que sí, que había estudiado en la RESAD y que había hecho muchos papeles. Había hecho un episodio en *El comisario* y todo. Recuerdo que le respondí a Maca: «Cariño, ¿quién no ha hecho un episodio en *El comisario*? Tu hermano es bien majo, que en los Goya me sujetó el moño mientras vomitaba, pero lo del nepotismo en PS Management sabes que no».

Pero en esa fiesta, sobre todo, ocurrió algo de lo que no me siento orgullosa. Clarita estaba un poco mustia porque, aunque lo había bordado en el último casting, no la habían cogido para el papel. Y eso que no iba mal, ¡eh! Estaba camino de convertirse en la nueva actriz 360° de PS Management, que había hecho sus pinitos en *Águila Roja*, en *Doctor Mateo* y hasta en *Gran Reserva*, que me dijo Ramón Campos en la intimidad, así con su acento gallego: «Paca, tú a esta cuídala, que la veo cargadita de premios Ondas».

Ella quería ser la prota de *Dreamland*, de Frank Ariza, que parecía que iba a ser un éxito total. El «nuevo *Upa Dance*», decían que era. Pero bueno, ya ves luego lo que es la vida. El caso es que Clarita estaba deprimida, con su vodka limón, y como Isabel Coixet me estaba poniendo la cabeza loca porque habla más que un mimo jubilado, me acerqué a mi chica para consolarla. Me explicó que soñaba tanto con llegar lejos como actriz..., pero no terminaban de darle la oportunidad. Yo entonces ya llevaba unos cuantos Larios y estaba así como envalentonada y le expliqué mi teoría de cómo en España no se valora bien a la gente hasta que da un pelotazo sorpresa... o triunfa en el extranjero.

Por supuesto, no iba a mandar a Clarita con una maleta a Los Ángeles y ¡venga, que se busque la vida! Primero, traté de hilar contactos que tenía por allí, pero con eso de la diferencia horaria (que nunca he entendido del todo), pues siempre les pillaba o comiendo, o durmiendo, o en el baño... Bueno, que al final dije: «Pero vamos a ver, ¿por qué vamos a estar gastando tiempo y dinero a lo tonto si existe el *fotochop*, que es la magia del siglo XXI?».

Yo el *fotochop* ya se lo había visto utilizar a Magüi para crear unas tarjetitas de felicitación navideñas con nuestras caras incrustadas en los cuerpos de unos elfos bailarines. Me meaba de la risa. Así que pensé: '«Si Magüi puede hacer que nuestras fotos encajen así de bien en unos dibujos así tan mal hechos, ¿cómo no vamos a poder poner la cara de Clarita en el cuerpo de gente que pasa por *premieres* y alfombras rojas en Hollywood?».

Sé que ahora, con esto de *Hasta Navarrete*, pues se me ha criticado mucho esta decisión y se me ha puesto de tonta y de ignorante hasta donde yo os diga, pero en ese momento solo queríamos que la gente se fijara en el pedazo de actriz que era Clara, como si viendo que la valoraban en América, fueran a empezar a prestarle atención aquí. Y es muy triste que, al final, consiguiéramos toda esa atención, pero no como esperábamos...

Clarita al principio se mostraba reticente, pero yo le hice ver que nadie en España conocía las series y las películas de las que decíamos que formaba parte. A ver, ¿cómo iba a saber yo que aquí la gente veía la cosa esa de *House of Cards*? Al principio coló un poco y la gente buscaba y buscaba los capítulos donde salía Clara sin encontrarla. Pero se empezaron a mosquear cuando subimos ya fotos en la gala de los Oscar y de nada sirvió el cursillo extra de *fotochop* que le pagué a Magüi, porque la muy melona puso la foto de Clara en el cuerpo de Orlando Bloom, que también es que ya le vale.

El *fotochop* ya se lo había visto utilizar a Magüi para crear unas tarjetitas de felicitación navideñas con nuestras caras incrustadas en los cuerpos de unos elfos bailarines.

Nos caímos con todo el equipo. Creo que ese ha sido el mayor error de mi vida y el que inauguró la decadencia de PS Management. Perdimos muchísima credibilidad y me sentía señalada en todos los eventos. La gente de ARAE me esquivaba la mirada y mis representadas venían a verme para asegurarse de que no había hecho lo mismo con sus caras sin su consentimiento. Fueron tiempos oscuros, pero para nadie tanto como para Clarita, que era la que estaba en el foco mediático. Tuvo ataques de ansiedad, parálisis y agorafobia. Se veía incapaz de salir a la calle porque, fuera a donde fuera, la señalaban como a la loca narcisista que había editado sus fotos para mentir a toda España.

Así que no tuve otra opción que llevármela a Navarrete, mi pueblo. Por entonces, mi madre estaba ya mayor y se sentía sola, porque nunca iba a verla. Le pedí que acogiera a Clarita una temporada, hasta que se calmaran las cosas, y ellas dos muy pronto empezaron a congeniar (y eso que mi madre para la gente nueva era...). No le dije dónde estaba Clara ni a Magüi y desvié los rumores a que se había marchado a la Toscana italiana, que me parecía un lugar así como muy chic para retirarse. Desde aquello, Clara no volvió a actuar y, aunque sé que lo de *Hasta Navarrete* ha sido una redención para ella, yo creo que fue el fallo más terrible que he cometido en toda mi carrera.

No quedaba más remedio que salir adelante, aunque ya nada iba a volver a ser lo mismo. En el trabajo nos habíamos estancado y en mi vida personal, todavía más. Paco se prometió con Amaia Montero y el tío fue y me invitó a la boda. Cualquiera no hubiera ido y santas pascuas, pero Paquita Salas era una señora y además una muy importante representante, así que no iba a dejar de ir a lo que, al fin y al cabo, era todo un evento del cine español, dada la talla de Paco como productor.

El problema es que ese mismo día hubo unos problemas con unos mails que se fueron a una cuenta Spam, que nosotros no teníamos y que Magüi no supo gestionar. En fin, un lío por el que yo no pude ir a la boda y me tocó ir a buscar a Macarena al rodaje de *Vis a vis* y llevarla a Valladolid, a la SEMINCI, por culpa de todo ese lío de cambio de horarios y de mails y qué se yo. Mientras, Magüi, que lo había pasado fatal con su exnovio y estaba *destrozaíta*, empezó a hacerse arrumacos con el Álex, un repartidor que venía mucho a la oficina y nos acababa haciendo labores de mantenimiento. Como yo estaba con todo el lío de Valladolid y ellos se quedaron solucionando lo del Spam, pues acabó surgiendo el amor y hasta hoy, que ahí siguen.

El caso es que yendo para Valladolid, me enteré vía Magüi que Macarena había enviado un mail a la cuenta Spam, explicándonos que dejaba PS Management. He tenido golpes fuertes en mi vida, pero ninguno me ha dolido tanto como ese. Tengo una espinita clavada muy dentro por aquello, pero la entendí. La entendí por lo que me dijo de los vestidos en los Goya (que vaya gala me dio y eso que solo tenía que entregar el premio al mejor corto de animación) y de que cuando ella tiene muy claro que es que no, es que no. Hubo que seguir para delante y aceptarlo. Dejarla ir en aquel *fotocol* de Valladolid, que ya me diréis, vaya sitio para una despedida.

Lo malo fue que pocos días después, cuando fuimos Magüi y yo a la caza de otra nueva actriz 360° para PS Management a una escuela de teatro que no voy a nombrar para no hacerles publicidad gratis, rindieron homenaje a Fernando Canelón, mi antiguo ayudante, como si él fuese el realmente famoso en el mundo de la representación de actores. Primero me fastidió ese trato hacia mi persona, luego que tratara de robarme a la actriz en la que YO me había fijado y después exploté cuando supe que era él quien me había quitado a Macarena. A mi Maca. Así que salté al escenario y le dije cuatro cosas apoyada por Magüi, que se puso como una furia (daba miedo y todo). Y no debí de estar tan mal en mi discurso, porque una chiquita así como rellenita, que estaba hasta el coño de hacer de criada en obras pedantes de Ibsen, se desnudó y dijo que lo que quería hacer ella era *Velvet* y a tomar por culo.

A Mariona entonces la empecé a representar yo. Le dije: «¿Quieres hacer *Velvet*? Pues conmigo vas a hacer *Velvet*». Tenía energía, tenía alma... Y así aprovechaba y me vengaba del hijoputa de Canelón enseñándole lo que valíamos nosotras las descastadas. Quitamos el cuadro enorme que teníamos de Macarena y, lo sustituimos por otro de Mariona y a otra cosa, mariposa.

Entonces, sorprendentemente, me llegó una oferta para Clara. Un *thriller* estupendo con Yon González, que podía ser su regreso a las pantallas. Fui hasta allí para informarle, pero lo que me encontré no es lo que esperaba. Mi madre, que había ido perdiendo facultades, estaba ya muy mayor y apenas entendía lo que le decías. Se pasaba el día jugando al Rummikub y viendo *Rex, un policía diferente*. Además, Clara había decidido no volver a actuar. Estaba feliz allí, tranquila, dando clases de teatro en el colegio del pueblo. No podía volver a actuar... Simplemente, no podía.

Lidia, por su parte, estaba más perdida que Rafa Mora en una biblioteca. Se había juntado con una vendedora ambulante de Divacel, una empresa que vendía el producto «homónimo» de cuidado personal milagroso que cura todo tipo de males y, además, depila. Yo lo probé y la verdad es que es estupendo y me viene fenomenal para los codos que los tengo sequísimos. Así que sí, sigo usando Divacel, se haya dicho lo que se haya dicho después de Divacel y de Noemí Argüelles, la vendedora que, a partir de ese momento, se ha convertido en mi socia, aunque no sé yo si salgo ganando con ella, la verdad. Lo que sí ha demostrado es ser mejor *comuniti manager* que estetición.

Porque fue Noemí la que me demostró que las cosas las tenía que vender *in situ*, porque lo que no podía era llamar por teléfono a Violeta Gil, la directora de casting de la nueva película que por entonces estaba haciendo Eduardo Casanova, *Cómete una mierda*, para que viera a Mariona. Lo que tenía que hacer era llevársela, sin cita ni hostias. Me planté allí e hice todo lo que estaba en mi mano para que Violeta viera a mi actriz. Y aunque al principio se negó, al final no tuvo más remedio que hacerlo porque Paco Cerdeña era el productor de la película y a mí, si Paco es el productor, nadie, ni Violeta Gil ni la Santísima Trinidad, me dice que no quiere ver a mi actriz. Que, encima, a la muy pánfila fue y le gustó.

Mariona no solo hizo la película, sino que ganó el Feroz a la mejor actriz. El Forqué se lo quitaron, pero todo el mundo sabe que los Forqué y los Goya nunca coinciden. Y, efectivamente, la nominaron a los Goya a mejor actriz revelación. Yo estaba exultante porque había conseguido sustituir a Macarena y veía cómo mi carrera volvía a subir después del bache de aquellos años. Por eso, cuando María Rosa Cobo, en la tradicional lectura de cartas a la que invito todos los años a los integrantes de PS Management, me sacó el sol y la estrella y me dijo que Mariona se llevaba el Goya fijo, no me sorprendí.

Pero ¿no va la cabrona y me manda un audio del *wasape* diciéndome que, como le habían dicho que yo estaba desfasada, que lo sentía mucho y que se iba con Fernando Canelón? Mira, yo la quería matar. Pero me tuve que comer una mierda, como se llamaba la peli que patrocinaba, y me volví a meter yo misma en una espiral de depresión, vino y pizza de la que no salí hasta que Lidia vino a verme y me sacó de semejante estado.

Te cojo, te llevo a lo más alto y después, me dejas.

Cogí el DVD que Álex, el nuevo churri de Magüi, no paraba de insistirme en que viera y que era de su prima. La chica era buena, muy buena, así que decidí romper una vez mi norma del nepotismo. Fui al Válgame Dios, donde la chica estaba trabajando de camarera, y le dije a Belén de Lucas, hoy directora reconocidísima, que le proponía un juego: «Te cojo, te llevo a lo más alto y después, me dejas». Belén no entendía nada, pero aceptó, dejó al instante su puesto como camarera y se vino conmigo.

Así que esa misma noche, me vestí de fiesta, me fui a ver a Belinda y su Washington Band y traté de ignorar los Goya por primera vez en mi vida. Pero Mariona ganó y, aunque tarde, acabó por dedicarme también el premio.

Lo de nombrarme cuando salió a recoger el Goya estuvo muy bien, pero ¿dónde está el dinero? ¿¡Dónde está que yo lo vea!? No hay dinero. Yo le había conseguido su papel en *La montaña sagrada* y nunca me pagó mi beneficio del 15 %; hay que ser hija de puta. Por esa época engordé porque tenía mucha ansiedad y empecé con las terapias de ZBM (Zen Business Management), que las hacía Javiera Bellot. En general, aquello era como un coaching espiritual, pero mira, yo creo que nos estaba tomando el pelo. Que si yo era el león, que si Magüi era el lagarto del desierto porque tenía una conexión con África; no me lo creo.

El asunto es que PS Management comenzó a tener impagos. Bueno, es que tuvimos que tomar medidas radicales. Magüi dejó de cobrar y todo. Yo intenté sacar dinero de cualquier sitio. Hicimos el taller de acuarelas dirigido por Belinda (que tiene un curso) e intenté poner a trabajar a todos los actores que tenía parados, como Óscar Reyes, el Machupichu de *Aída*, que a mí me encajaba genial en *Zapeando*. Pues al final conseguí un papelín para Belén de Lucas en *La voz de la secta*; hacía de muerta: Víctima 3. Allí tuve que poner todo lo aprendido en terapia, porque estaban Mariona Terés, Violeta Gil y Fernando Colomo (un poco borde, yo no sé qué le pasaba). Yo intenté cambiar lo de que Belén hiciera de figuración, pero es que allí tenían una enorme montada con Edurne Bengoetxea por las declaraciones que hizo cagándose en España, que mira, yo me siento muy identificada con ella.

Pues allí, estando con los de AFE (Asociación de Figurantes de España), me enteré de que *La voz de la secta* era una trilogía. Mariona no me debía una película, ¡¡me debía tres!! Y mira, yo entré en cólera. Ahí fue cuando le dije a Edurne que se cagara en España y en todo lo que quisiera, porque yo también lo hacía.

Despedí a la estafadora de la Javiera Bellot y le tiré mi pelota antiestrés a Mariona porque la verdad es que no podía más.

Que si yo era el león, que si Magüi era el lagarto del desierto porque tenía una conexión con África; no me lo creo.

Aquí ya las cosas se torcieron un poquito porque con la deuda del vaso canope Anubis que me cargué entramos en un problema de liquidez. 65. 000 euros de deuda por el vaso, que digo, ¿65.000 euros de qué? Que si era una reliquia egipcia. Mira, ¡eso en Navarrete te lo hacen con los ojos cerrados! Ahí fue cuando nos unimos a Noemí Argüelles para hacer un centro de estética, como una dinámica de *cowork* o algo así... Yo solo quería sacar dinero de donde fuera. Así fue como apareció Leli Guzmán, la señora esta del calendario solidario, y nos metimos en esa movida que en qué momento... Eso fue porque se empeñó Magüi, porque yo no lo veía. Total, que a ella la dejé a cargo del calendario y yo me fui a por Ana Obregón, que, como ya sabéis, me debía un favor. De ella quizá no saqué lo que quería, que era el dinero, para qué nos vamos a engañar, pero lo cierto es que no me importó. Ver a Ana me ayudó, me sirvió para recordar tiempos mejores y me dio fuerzas.

Después de todo lo de Ana y el calendario, tuvimos un golpe de suerte con el papel de Lidia en *El secreto de Puente Viejo*, que hacía de Trinidad, la florista, que había presenciado un crimen. Que luego me enteré de que la pobre lo pasó fatal en el rodaje y hasta tuvo visiones con Resines. Lo que hace estar un tiempo sin trabajar, eh. Yo tengo la teoría de que por el plató, donde la placita, tenían un escape de gas o algo. Pero bueno, mientras ella estaba allí, yo metí a Magüi en un curso online porque no podíamos volver a permitirnos lo del Spam y todo eso, había que estar al día. Pero, por si no tuviera suficiente, perdimos el dominio de la página web de PS Management por impago. Que nos lo compró una empresa de Japón, pero a ver, ¿¡para qué quiere un japonés mi dominio!? En fin, al final lo arreglamos dejándolo en PS Management Spania, más catalán y moderno.

Por esas fechas era el Festival de Cine de Comedia de Tarazona y el Moncayo, en su XIV edición. En PS Management hemos ido allí cada año porque siempre he sido muy fan de la comedia, pero la verdad es que ese año las cosas fueron diferentes; Constantino había muerto. En su lugar, como ya os he dicho, estaba Vicente, su hijo, el chico un poco rarito, que yo creo que nació prematuro. Mientras tanto, yo estaba llamando todo el día a Josep Cister para que me hicieran fija a Lidia en *El secreto de Puente Viejo*, pero el muy cabrón no lo cogía. Después me enteré de que el Amadeo II lo habían cerrado para poner un Tigre en su lugar y Magüi me llamó para decirme que Noemí se había ido de la oficina dejando todo hecho un desastre y sin pagar. Definitivamente, no estaba en mi mejor momento.

En el festival me encontré con Mariona, que volvió con el rabo entre las piernas porque su repre, Fernando Canelón, no le hacía ni caso. Me propuso volver a ser su representante. Obviamente, la rechacé. Pero es que, para completar la colección de hijos de puta, me topé con Fernando Canelón en el Amadeo I. Que estaba deprimido porque sus actrices se iban, que ahora resulta que tenía que leerse los guiones. ¡¡Pues claro que tienes que leerte los guiones!! Parece mentira que aprendiera de mí; ya os dije que nunca me gustó la mirada de ese chico.

Aquí fue cuando, sobrepasada por las deudas y las decepciones, decidí vender PS Management a Piti Alonso, director de eventos al que conocía ya de hace muchísimos años. Vaciando la oficina me encontré con una cinta que grabé en 1994 para el cumpleaños de Lidia y eso la verdad es que me trajo muchos recuerdos. Belén, que me descubrió en mi momento más bajo, sacó de aquí la inspiración para lanzarse a escribir *Hasta Navarrete*, la película que luego fue todo un éxito. Magüi renunció a continuar en la oficina trabajando con Piti porque aquello le recordaba demasiado a mí. De esta forma, acabó con la lagarta de Bárbara Valiente en B-Fashion. Así fue como tiré en una caja todas mis pertenencias y recuerdos de PS Management y borré mi pasado; me encontraba en el punto de partida.

Pasaron meses hasta que volví a las andadas. La verdad es que lo pasé mal, para qué nos vamos a engañar, yo no estoy hecha para otra cosa que no sea trabajar en esto. Intentaba hacer vida normal, pero me era imposible. Hasta que un día llegó una carta que fue la excusa perfecta para volver: la invitación a la 34.ª edición de los Goya. Así fue como me puse mis mejores galas y acudí allí, donde me encontré, después de mucho tiempo, con Macarena, que estaba fatal porque lo había dejado con el rockerillo. Yo sabía que no podía dejarla así y la ayudé. Bueno, igual la cosa se fue un poco de madre porque asaltamos la casa de su ex y acabamos en comisaría, pero al final Maca y yo nos reconciliamos y todo acabó bien. Ella hasta ganó el Goya a mejor actriz por *La llamada*. Así fue cómo, tras la experiencia en los Goya, decidí volver. Fundé Nuevo PS; ahora gourmet, como El Corte Inglés.

Lo primero que hice fue acudir a ARAE para volver al círculo de los representantes, pero allí me rechazaron porque decían que no tenía a ningún actor en plantilla trabajando. Me dijeron que «una representante que no trabaja no es una representante». Aquello se me clavó como un puñal, por lo que enseguida me puse manos a la obra y comencé con Lidia y Belinda en mi cartera. Puse a Lidia a hacer un cortometraje dirigido por el hijo de Carmen Maura, donde ella hacía de Edwin, un conductor de autobuses peruano y transexual que existió realmente. Publicando en las redes que Lidia iba a hacer este papel fue como saltó toda la polémica por la que nos acusaron de tránsfugas. ¿¡Cuándo he sido tránsfuga yo, eh!? Ahí descubrí el fenómeno *jeiter*, que madre mía, qué fuerte pegaban, pero yo me he enfrentado a hijos de puta mucho peores en Navarrete y aquello no me iba a hundir. Bueno, pues me fui al COGAM y todo a pedir explicaciones, pero la verdad es que allí no obtuve lo que quería, pero sí recibí una lección por parte de una actriz transexual que nunca olvidaré. Ella me enseñó que una actriz que no trabajaba era una superviviente, de la misma forma que a mí me negaron ser representante por no trabajar. Así fue como decidí abrir un perfil en el *tuip* para saltar a las redes y hacerme con ellas.

Aquí tiré de Noemí Argüelles, que volvió a trabajar con nosotros bajo una aparente nueva identidad, para que nos enseñara a usar las redes. Nuevo PS tenía que ser multiplataforma y online, había que saber utilizar el *tuip* y tener *follogüers*. Intentamos que Lidia promocionara marcas para que hiciera de influencia y Belinda se enganchó al Tinder. Como necesitábamos dinero, decidí acudir, junto con Belinda y Noemí, a B-Fashion para hacer una colaboración. Y allí fue como me reencontré con Magüi, que la verdad es que fue muy emotivo. Magüi nos consiguió la colaboración con B-Fashion, que consistía en una promoción de una marca de maquillaje entre Dulceida y Belinda. Al final, todo acabó saliendo mal porque nos explotó en la cara el escándalo de Belinda con el dedito y el guardia civil, así que nos fuimos de allí, no sin antes pegarle yo una hostia al reptil que era Bárbara Valiente. Magüi se despidió porque también estaba harta y se vino con nosotras.

Descubrí el fenómeno *jeiter*, que madre mía, qué fuerte pegaban, pero yo me he enfrentado a hijos de puta mucho peores en Navarrete.

Todavía no me había recuperado del escándalo de Belinda y la pobre de mi madre se murió. Tuvimos que irnos todas de incógnito a Navarrete huyendo de la prensa. Claro, al llegar allí, todas descubrieron mi secreto con Clara y no pude ocultarlo más, lo cual era algo que no entraba en mis planes. El caso es que Navarrete fue un infierno, allí se juntó el cadáver de mi madre, el secreto de que Clara estaba allí escondida y la polémica de Belinda. Y por si fuera poco, tenía por allí rondando a Charo y a Pepe, que yo nunca le había confesado a Charo que llevaba años acostándome con su marido, eso no ayudaba. La prensa no tardó en descubrirnos y nos rodearon fuera de la casa; no podíamos salir y yo cada vez estaba más calentita. Así que llegó un momento en el que me harté, le conté a Charo lo que había hecho con su marido, puse a Pepe en su sitio, salí a dar la cara y confesé ante todos los medios la verdad: que mi madre estaba muerta, que Clara estaba escondida en mi casa y que la del vídeo del dedito era efectivamente Belinda. Oye, pues qué bien me quedé y enseguida se fue toda la prensa. Si al final, lo mejor es decir la verdad.

Después de eso, Belinda se hizo famosa haciendo un videoclip viral con una canción llamada «Cinco deditos». Y así fue como solucioné de un plumazo todos los problemas que tenía en ese momento. Como yo sabía que le debía una a Magüi después de todo lo de B-Fashion, decidí llamarla para reunirme con ella y le ofrecí contratarla de nuevo. Sin embargo, me dijo que no estaba interasada porque ahora se dedicaba a la producción cinematográfica; estaba haciendo *Hasta Navarrete*, la película de Belén de Lucas. Bueno, yo me volví loca, una película sobre Clara en la que yo salía como uno de los personajes principales y se contaba mi vida ¡¡y todo esto sin mi permiso!!

Mira que yo quiero a Magüi, pero en ese momento quise arrancarle los ojos. Así que me presenté donde estaban preparando la película y monté un pollo descomunal a Belén y a los demás. Y encima me entero de que Juan Echanove va a hacer de mí... Mira, es cierto que estaba muy bien en la película, pero me parece un poco ofensivo y exagerado. ¡¡Yo no hago esos gestos ni grito tanto!! Bueno, al final accedí a todo aquello porque me dijeron que podía ser asesora del proyecto y supervisarlo, pero si no llego a aceptar yo, no se hace, ya os lo digo. *Hasta Navarrete* es lo que es, entre otras cosas, por mí.

De hecho, como sabéis, la película fue todo un éxito en su estreno. Julio Medem contrató a Lidia San José porque le gustó mucho cómo lo hizo, Belén de Lucas triunfó como directora novel, Belinda se volvió famosísima por su canción y Susanita lo hizo genial como actriz principal interpretando a Clara. De hecho, me pidió que la representara. Fue como volver a mi época dorada, cuando empecé con PS Management: todas mis actrices estaban triunfando y yo me encontraba de nuevo llena y satisfecha por esta profesión. Pero de aquel día, me quedo sin duda con el momento en el que salí con Magüi del cine, juntas como siempre, caminando por la calle agarradas del brazo, recordando y siendo felices.

Carpeta Spam de PS Management

paquitasalas@psmanagement.com

CORREO

Bandeja de entrada

Correo sin leer

Para seguimiento

Elementos enviados

Elementos eliminados

SPAM (140)   >

140 mensajes sin leer

Los mensajes que
lleven más de 30 días
en Spam se eliminarán
automáticamente.

**ELIMINAR TODOS
LOS MENSAJES DE
SPAM AHORA**

SPAM (140)

✉ **Juanfran**   20:30
Urgente: cambio de horario Macarena García. Urgente!!!
Cambios en los horarios de *Vis a Vis* debido a...

✉ **El atrapaviajes**   23 oct. 11:26
Descubre Afganistán y otros destinos para toda la familia
Reserva ya 8 días en Kabul y descubre el montañoso...

✉ **Telefibra Plus**   22 oct.
¡25 GB + llamadas ilimitadas a fijo! Desde solo 25 € al mes
Redescubre las ventajas del teléfono fijo y llama por...

✉ **Luis San Narciso**   20.oct.
Casting Yohana Cobo para *Pulsaciones* Buenas, dice
Daniel Écija que sí quiere ver a Yohan, pero hoy....

✉ **Macarena García**   19 oct. 11:13
Hora de volar del nido Hola, Paquita: Escribir este...

✉ **Ibercaja**   18 oct.
Recompensamos tu fidelidad quitándote comisiones
Desde Ibercaja queremos ser los primeros en agradecer...

✉ **Las Rozas Village**   16 oct.
Ven al Black Friday y descubre todo lo que tenemos para ti A
partir del 24 de noviembre descubre las ofertas de nuestros...

✉ **Laura Cepeda**   16 oct.
Thi Mai – Rumbo a Vietnam (Casting semana que viene)
Hola, Paquita, estoy con la película de Patricia Ferreira y...

✉ **Facebook**   16 oct.
Toñi Moreno quiere añadirte como amigo en Facebook Tienes
a Valeria Vegas y 13 amigos más en común con Toñi Moreno...

✉ **Divacel**   14 oct.
Descubre los efectos de Divacel por solo 19,99 € ¿Codos
secos? ¿Piel flácida? ¿Piel de naranja? ¿Poro enquistado...

✉ **Carolina Yuste**   13 Oct.
Videobook de Carolina Yuste Hola, Juani Labrador me ha
recomendado su agencia y les envío mi videobook por si
acaso buscan...

✉ **Rebeca León**   13 Oct.
Invitación al concierto presentación Rosalía «De plata» Hola
a todos, desde Lionfish Entertainment queremos invitar...

Macarena García   Dom., 19 oct. 11:13 (hace 5 días)

para mí

Hola, Paquita:

Escribir este correo es una de las cosas más difíciles que he hecho en mi vida. Llevo horas tecleando y borrando y no he encontrado la manera de decirlo sin que duela, así que he llegado a la conclusión de que nunca dejará de doler y de que lo mejor es ser directa, así que ahí va: Paquita, dejo PS Management.

Sé que esto te hará sufrir mucho, pero hace bastante tiempo que llevo pensando que a mi carrera le vendría bien un cambio de aires y no creo que PS Management sea ya el lugar apropiado para mí. Eso no quiere decir que no te valore como representante. Eres la mejor y lo seguirás siendo, porque tú, Paquita, siempre tienes las cosas claras y te vuelcas hasta el final en hacer realidad nuestros sueños. Soy yo la que cambia todo el rato y siento que, si estoy estancada, tengo que empezar de nuevo en otra parte para volver a alzar el vuelo.

Sin ti, probablemente nunca hubiera ido más allá de aquel musical. Sin ti, no hubiera dado vida a tantos papeles preciosos que me han permitido ganarme la vida con lo que más me gusta en el mundo. Sin ti, nunca hubiera sido Blancanieves y ese Goya no estaría ahora mismo coronando mi estantería, mirándome con dureza por lo que estoy haciendo. Siempre serás parte de lo que consiga porque tú me diste las alas para empezar a volar.

Sin embargo, ahora siento que el viento sopla en otra dirección y tengo que seguir mi instinto para no caerme. Gracias por ser mi sostén y mi apoyo todo este tiempo. Gracias por enseñarme a volar.

Te quiere,

tu Maca.

Guion

Hasta Navarrete

1. EXT/NOCHE CALLES DE MADRID

Una mujer camina por la calle. Lleva en una caja toda su vida.

Es CHUSA (55), una mujer regordeta de mediana edad y majestuosidad incomprensible. Se para delante de un contenedor, lo abre y tira la caja.

Está a punto de marcharse cuando se da cuenta de que algo ha caído fuera. Se agacha y descubre que es una fotografía con una marca de chincheta. En ella aparece una joven sonriendo en un *photocall*.

> CHUSA
>
> Clara…

2. INT/NOCHE *PHOTOCALL* EN LOS CINES CALLAO

En cartela: Madrid, seis años antes.

En un *photocall*, vemos a la misma joven, CLARA (25), de mirada tranquila y

energía latente, sonriendo a las cámaras
en el estreno de una película. PITI
(50), organizador de eventos delgado y
nervioso, la insta a continuar andando.

                    PITI
          Clarita, cariño, continúa que,
          si no, no terminamos nunca.

CLARA asiente y sale del *photocall*. Una
PERIODISTA la aborda con el micrófono.

                  PERIODISTA
          Vemos aquí a Clara Valle.
          Clara, ¿en qué proyectos estás
          ahora?

                    CLARA
          Pues ahora mismo estoy a la
          espera de que salgan unas
          cuantas cosas…

                  PERIODISTA
          ¿Como cuáles? ¿Puedes
          adelantarnos algo?

CLARA, sonriente pero visiblemente
incómoda, mira hacia delante. CHUSA la
saluda a lo lejos, con un Bollycao y una
servilleta en la mano.

Representados ilustres de PS Management

Nombre: Lidia San José
PS Management: 1988 – actualidad

A Lidia San José la descubrí yo en 1988 en una peluquería de Getafe cuando su madre, Azucena, me cortaba el pelo. Tendría ella cinco añitos, me dijo que quería ser actriz y yo lo tuve claro. Ella fue la que me dio la idea de inaugurar en PS Management una cartera de talentos infantiles, y la verdad es que fue un éxito. Lo primero que la llevé a hacer fue *El niño invisible*, *¡Ay, señor, señor!* y *Farmacia de guardia*. Después lo petó con *A las once en casa* y *¡Ala… Dina!* Después hicimos mucho *Pasapalabra*, aunque desde que lo cancelaron nos hemos llevado un fiasco con ello. Para mí, Lidi es una de las actrices con más talento de este país y de las más infravaloradas. Supe que valía desde que la vi en esa peluquería de Getafe, y desde entonces hemos estados juntas. Estuvimos una época separadas cuando cerré PS Management, pero en cuanto fundé Nuevo PS se unió a mí de nuevo. Después tuvimos una gran polémica por culpa del personaje transexual de Edwin cuando nos acusaron de tránsfugas, pero conseguimos remontar más tarde. Ahora mismo está en conversaciones con Julio Medem porque, cuando la vio en *Hasta Navarrete*, le encantó el trabajo que hizo; por fin alguien la considera como se merece. De ella lo que más valoro es la lealtad, porque ha estado conmigo en los momentos altos y en los bajos.

Nombre: Mariona Terés
Ps Management: 2016 – 2018

Descubrí a Mariona en 2016 cuando la fui a ver a un montaje de *Hedda Gabler*, que hacía de sirvienta y se moría del asco. Yo fui la que tuvo la visión para saber apreciar el talento que había en ella; la escogí y la llevé hasta lo más alto. Me acosté con Paco Cerdeña solo para conseguir que Violeta Gil la viera para la película de Eduardo Casanova, y así fue como la cogieron, tal y como se lo prometí. Me debe el Goya, y el 15 % de las tres películas de la trilogía esa de Pérez Reverte dirigida por Fernando Colomo (la de las Montañas Mágicas, y las sectas y no sé qué río encarnado). La verdad es que nunca me esperé que Mariona me dejara, pensé que ella sería diferente, pero me engañó y se fue con Fernando Canelón, antiguo amigo y compañero, hoy miserable enemigo. En su momento, la juzgué de la misma forma que a Macarena, pero me di cuenta de que mi Maca es muy diferente. Cuando en el Festival de Tarazona me pidió que volviera a representarla porque Fernando Canelón era una mierda de *repre*, tuve claro lo que tenía que hacer. Pero bueno, todo eso forma parte del pasado y ya no le guardo rencor.

Nombre:
Belinda Washington

PS Management:
1991 – actualidad

Si pienso en Belinda me viene la época dorada de los 90 a la cabeza inmediatamente. Belinda es el mejor ejemplo de que una buena presentadora puede ser una buena actriz, su naturalidad y talento son descomunales. La descubrí en 1991 cuando nos asaltó a Miriam Díaz-Aroca y a mí en mi coche, porque era fan de Miriam y quería ser presentadora como ella. En ese momento supe que tenía que representarla, y así fue como la metí en *El programa de Hermida*. Desde ese momento, Belinda ha estado conmigo y no ha parado de trabajar. Ha estado en *¡Qué me dices!*, *Telecupón*, *Tu cara me suena*, *Farmacia de guardia*, *Valientes*, *Manolito Gafotas* y mucho más. Belinda es una estrella, es historia de la televisión. En cuanto fundé Nuevo PS volvió a trabajar conmigo. Ahí fue cuando tuvimos toda la polémica del vídeo del dedito y el guardia civil, pero bueno, salimos de eso con su éxito «Cinco deditos». Ahora Belinda es un fenómeno viral y está en el sitio que siempre se ha merecido.

Nombre: *Yohana Cobo*

PS Management: *2005 – 2018*

Muchos la conocen como la niña de *Volver*, pero Yohana es mucho más que eso. Yo fui quien la ofreció para su papel en la película de Almodóvar cuando Tinín me llamó diciendo que necesitaban a una actriz joven. Supe que tenía que hacerlo ella, y, de hecho, ganó el premio a la mejor interpretación femenina en Cannes *ex aequo*. Yohana ahora mismo está muy centrada en el microteatro, pero está preparada para volver al cine cuando sea. A ver si Luis San Narciso me la vuelve a fichar.

Nombre:
Macarena García

PS Management:
2008 – 2016

Macarena es la actriz más especial que ha pasado por PS Management, todo el mundo coincide en que tiene algo en la mirada que te cautiva, es sin duda una actriz 360º de los pies a la cabeza. La descubrí en 2008 cuando fui al Lope de Vega en Gran Vía para ver *High School Musical* con Carolina Bang, y desde que la vi me enamoré de ella. Me costó dar el paso, pero finalmente le propuse ser su representante y aceptó. De ahí fuimos a lo más alto con *Blancanieves*, que le dio el Goya, y desde entonces es una actriz de élite que no ha parado de trabajar. Después de aquello seguimos haciendo tele y cine, y la verdad es que reportó muchos beneficios a PS Management. Macarena supuso también para mí el principio del fin, cuando se fue de PS Management comenzó mi etapa más baja, que no supe entender en su momento. Al principio estuve dolida y no quería verla, pero con el tiempo pude perdonárselo y ahora nos llevamos estupendamente. Fue por Macarena por lo que decidí volver a trabajar durante esa 34.ª edición de los Goya y fundar Nuevo PS, y es que no podía ser de otra manera. Sé que a Macarena le irá bien esté donde esté, y en mí tiene una amiga para toda la vida; si Maca me necesita, allí estaré.

Nombre: *Belén de Lucas*
PS Management: *2016 – 2018*

A Belén la descubrí en 2016 por Álex, el novio de Magüi. La verdad es que al principio me resistí a ver su videobook cuando Álex me lo dejó, cosa de la que me arrepiento; tenía que haberlo hecho antes porque tiene mucho talento. Lo curioso de Belén es que empezó como actriz pero terminó debutando como directora y guionista, algo en lo que demostró ser toda una artista. Lo que hizo en *Hasta Navarrete* fue increíble. Su capacidad de reinventarse, de seguir adelante y de ser siempre fiel a sí misma es un ejemplo que seguir. Y aunque siempre he dicho que «no veo primas», esta me alegro mucho de haberla descubierto. Si es por gente como Belén... ¡qué viva el nepotismo!

Nombre: *Clara Valle*
PS Management: *2014 – 2015*

Clarita es una buenísima actriz a la que el tiempo ha tratado muy injustamente. A ella la descubrí en 2014. En ese momento hizo varios trabajos pero nada que terminara de darle el reconocimiento que se merecía. Yo estaba convencida de que Clara llegaría a lo más alto, pero me frustraba mucho la espera y la paciencia se me agotaba. Así fue como decidí, junto con Magüi, hacer la falsificación de sus fotos para poner el foco sobre ella. Yo solo quería que algún director de casting se fijara y le diera la oportunidad que se merecía, porque después de eso no pararía de trabajar. Quién me iba a decir a mí dónde acabó todo aquello... Después del escándalo que se montó con lo de las fotos, PS Management quedó a la altura del betún, posiblemente el error más grande de toda mi carrera. Clara me dijo que quería desaparecer, así que decidí refugiarla en Navarrete, con mi madre, hasta que todo pasara. Yo pensé que, con el tiempo suficiente, Clara volvería a ser actriz, pero para mi sorpresa ella ya no quiso. Le ofrecí un *thriller* con Yon González y lo rechazó: prefirió seguir viviendo en Navarrete, allí encontró una paz que el mundo del cine no le daba, y la verdad es que la respeto profundamente. En este sentido, *Hasta Navarrete* fue muy importante para las dos, es el momento en el que nos pudimos perdonar. Porque aunque Clara haya decidido no volver a ser actriz, yo voy a representarla siempre.

Nombre: *Jorge Roelas*
PS Management: *1997 – 2018*

Jorge ha hecho absolutamente todo: mucho cine, tele y teatro. Es un portento de actor, yo lo descubrí en 1997 por una película de Fernando Colomo, *Eso*, y a partir de ahí no lo solté y no ha dejado de trabajar conmigo. Además, conseguí que saliera en *2 francos, 40 pesetas*, la secuela de una de mis películas favoritas, *Un franco, 14 pesetas*. De lo que me arrepiento un poco es de que yo les dije a los guionistas de *Médico de familia* que su personaje, Marcial, debía morir porque tenía ofertas para él de otras series. Se cargaron brutalmente al personaje, que aquello fue un drama que ni con Chanquete, y luego mira tú, todas las ofertas volaron y Jorge no ha vuelto a ser el mismo. Eso sí, en el teatro me meo de la risa con él, os lo juro.

Miriam Díaz-Aroca (1988 – 2014)

Miriam representa todo el éxito de PS Management en la década de los 90. Me siento muy orgullosa de haberme lanzado a ella cuando trabajaba con Hermida y de haber sido su representante. Además, es otro gran ejemplo de lo que pueden hacer las presentadoras de televisión cuando pasan al cine. Primero fue *Tacones lejanos*, pero en *Belle Époque* ya brilló definitivamente.

Miguel Ángel Muñoz (1994 – 1997)

A Miguel Ángel Muñoz lo descubrí yo por su madre, que era pitonisa de confianza, y me dijo que su hijo quería ser actor. Lo metí en 1995 en *El palomo cojo* y así empezó a hacerse famoso siendo muy pequeño, después dejó PS Management y se fue con Fernando Canelón, pero la verdad es que no le guardo rencor, en esos años a mí me sobraban los actores.

Pilar López de Ayala (1988 – 2018)

La descubrí en 1988 e inauguré con ella y Lidia San José la cantera de talentos infantiles de PS Management. Una gran actriz que estuvo conmigo hasta el final de PS Management.

Loreto Valverde (1988 – 2018)

Empecé a representarla en 1988 cuando abrí PS Management y conseguí que se estrenara en el cine con una comedia de Mariano Ozores, *Ya no va más*. Sobre todo ha hecho televisión, pero también teatro y cine.

Óscar Reyes (2009 – 2018)

Muchos pensarán que es latino, pero Óscar Reyes es mitad gitano, mitad japonés. La gente lo reconoce por el personaje de Machupichu en *Aída*, pero Óscar ha hecho mucho teatro y realmente puede hacer lo que le eches, es un gran actor. Reportó muchos beneficios a PS Management durante su larga estancia en la serie de Telecinco, pero yo siempre lo he visto más en un programa como *Zapeando*.

Esmeralda Moya (2008 – 2018)

Empecé a representarla en 2008 cuando entró en *Sin tetas no hay paraíso*, después la metí en la película de Albacete y Menkes, *Mentiras y gordas*. Gran actriz y modelo, ha estado en *Los protegidos*, *Tierra de lobos* o *90 – 60 – 90, diario secreto de una adolescente*, todas series de una gran calidad. Además, es la reina de los *influencers* y ha protagonizado importantes campañas para Cola-Cao y Mr. Potato.

Minerva Piquero *(1989 – 2018)*

A Minerva la descubrí en 1989 y la metí de «chica del tiempo» en Antena 3, ahí estuvo durante catorce años y tuvo mucho éxito en los 90. Después ha seguido haciendo tele e incluso ha estado en series de televisión. Ahora ha decidido ser novelista, que lo mismo nos da a todos una sorpresa y aparece con un Planeta que ya quisiera Manuel Vilas.

Carmen Morales *(1998 – 2018)*

Carmen Morales no solo es una actriz a la que he representado durante muchos años, también es una amiga íntima. La conocí en mi boda con Paco Cerdeña, pero no la representé hasta 1998, cuando la metí en *Al salir de clase* con veintiocho años que tenía. Hice un viaje con ella a México muy divertido donde me enseñó toda la cultura y gastronomía del país (incluidos los retretes, porque resulta que el agua del grifo pues no se podía beber así sin más).

Liberto Rabal *(1997 – 2018)*

A mí Liberto Rabal me dijo en 1997 que quería hacer algo grande y yo lo metí a protagonizar una película de Almodóvar, *Carne trémula*. Al principio dudaron si cogerlo, pero les metí presión diciéndoles que Amenábar lo quería para *Abre los ojos* y enseguida lo cogieron; de hecho, lo hizo genial. Yo no sé por qué no me lo vuelven a coger para nada, si es un actorazo.

Arancha de Sol *(1988 – 2018)*

Modelo, actriz y presentadora, ¡todo en uno! Se unió a mí en 1988 junto con María Abradelo y Loreto Valverde. En 1989 fue elegida Miss Madrid y aquello hizo que PS Management empezara a funcionar. Sobre todo ha hecho televisión y es más maja que las pesetas.

María Abradelo *(1988 – 2018)*

Empecé a representarla en 1988 cuando abrí PS Management y conseguí que fuera azafata en *Un, dos, tres… responda otra vez*. Una gran actriz y presentadora. Además, fue la primera persona a la que representé en la agencia de María José Poblador.

Cecilia Gessa *(2013 – 2018)*

A Cecilia la conozco yo desde 2013 porque me la presentó Carlos Bardem, su pareja. Me pidió que la representara y yo acepté encantada. Al principio estuvo en cortos, pero poco a poco fue haciendo televisión y cine. Ahora dice que es productora, así que lo mismo hasta nos enchufa a alguna de las otras actrices.

La actualidad

Nosotras, las supervivientes

Termino estas memorias con dos sensaciones: la primera, que escribir con teclado me parece una cosa superhortera y aburrida, tienen que inventar algo mejor ya; y la segunda, que todo lo que he vivido ha merecido la pena. Desde los niños que se metieron conmigo, hasta las actrices que llevé a lo más alto, pasando por todos mis amores y desamores que me marcaron, Barcelona, Madrid y mucho más. Todo eso soy yo, todo eso ha hecho a Paquita Salas.

Lo primero: internet. [...] ¿Sabíais que se pueden pedir torreznos a domicilio?

Yo sé que os estaréis preguntando ahora todos lo mismo: ¿Qué hará Paquita Salas? ¿Cuál es su próximo movimiento? No lo desvelaré, Paquita sabe guardarse sus cartas. Digamos que después del *boom* de *Hasta Navarrete*, el éxito de Belén, Magüi, Lidia, Belinda, Susana y mi vuelta como representante de éxito en Nuevo PS, tengo derecho a descansar un poquito. Probablemente me vaya a la playa de Bolonia a pasar unos días, viéndome una serie en el móvil o algo, que ahora todo se ve así; el formato murió, chica, supéralo. Después de eso, volveré, evidentemente, y lo haré más fuerte que nunca, porque después de todo lo que he vivido, he aprendido muchas cosas que pondré en práctica en la agencia.

Lo primero: internet. Es algo a lo que no supe verle la utilidad en su momento, pero que se ha convertido en un elemento indispensable en mi vida. ¿Sabíais que se pueden pedir torreznos a domicilio? Bueno, estoy que no cago con eso. Ahora, en Nuevo PS, si no tienes redes sociales, no entras. A mí háblame del *tuip*, de la URL y de los *laiks*. Me dicen: «Hola, Paquita, mira, te traigo mi *videobook*...»; *Follogüers*, digo yo. No me interesa tu *videobook*, ¡que no me interesa te digo! Dime quién te sigue y te diré quién eres, esto es así.

Estoy también implementando una nueva tecnología de realidad virtual en la agencia para que mis actores se preparen los castings. Te pones unas gafitas, que bueno, en realidad son bastante grandes, como de aviador, y al parecer tú lo que ves es otra cosa, como otra realidad. Pues he pedido que me diseñen un juego en el que los actores se ven en una sala de casting con Violeta Gil delante, mirándoles fijamente, en silencio. Eso te prepara para la vida, eso te hace madurar. Hasta que no hacen el casting sin cagarla con las gafas puestas, no les dejo presentarse. Algunos han llegado a llorar; es una prueba dura, pero curte.

Además, que todos mis perfiles en la red se han hecho virales y eso me reporta muchos beneficios. Me llegan *follos y laiks* todo el rato, ya hago influencia y todo. Una cosa que me hace mucha gracia es la gente, que te dice cualquier cosa. Algunos son muy majines, te escriben y te felicitan o te preguntan por tu próximo trabajo, pero otros son unos hijos de puta. Eso sí, los que más insultan siempre tienen la fotito de un huevo; yo no sé si es una especie de grupito que tienen entre ellos ahora y que así se identifican, ahí ya no entro. También os digo, me paso el día reportando gentuza. No me gustas: reporto y bloqueo. Ay, ¡qué cosa más útil! ¡¡Ojalá hubiera tenido eso yo antes!! Lo bien que me habría venido en Navarrete o con Pilar Tabares. Luego también Magüi me ha enseñado los dibujitos estos que hay de mí en internet a raíz de *Hasta Navarrete*, lo del *memé* o algo así. La verdad es que algunos me hacen gracia, pero otros no los entiendo.

También ahora voy mucho a la psicóloga; lo de hablar de mí en voz alta he descubierto que es buenísimo. Las sesiones son un poco caras, eso sí, pero ella es muy buena. Bueno, pues resulta que, después de horas y horas de muchas sesiones, mi psicóloga ha descubierto que mi problema en realidad ha sido aferrarme mucho al pasado. La verdad es que al principio no lo vi claro, pero luego, escribiendo estas memorias, parece que tiene sentido. Por eso ahora, cuando me viene algo nuevo que no entiendo, lo cojo. No hay que asustarse: que no entiendes el significado de una nueva filosofía/pensamiento sectario de los jóvenes, te integras entre ellos y lo estudias; que no sabes qué quieren decir los *jastas* del *trendin trópic*, haces un clic y preguntas también. Hablando se entiende la gente.

Otra cosa con la que estoy aprendiendo a lidiar es con la fama, porque claro, mi personaje en *Hasta Navarrete* fue tan popular que todo el mundo quería saber quién era en realidad Paquita Salas. Ahora el teléfono de Nuevo PS no para de sonar. Muchos de los que me negaron el saludo en la profesión ahora vuelven. La gente me para en la calle y todo; hay días que si voy a bajar a comprar churros, tengo que pensármelo dos veces, eh. El otro día fui a Navarrete y muchos de los que me jodieron cuando era niña, ahora se declaraban fans. Fui elegante y no le negué el autógrafo y la foto a ninguno. El tiempo pone a cada uno en su sitio. Ahora estoy hablando con algunas marcas para utilizar sus productos y así hacer la influencia en los más jóvenes. Ya han contactado conmigo Larios y Las Rozas Village, al parecer es una cosa que se lleva mucho ahora. Ven que llevas un bolso o que comes no sé qué marca de bollería y se la compran.

Y, bueno, sobre el futuro... Digamos que lo miro con ambición, porque tengo grandes ideas, pero también con cautela y paciencia. Las cosas llegarán, siempre llegan. Durante mucho tiempo, sufrí en esta profesión porque no se cumplía lo que quería. No supe entender los fracasos y los puntos muertos y, mira, si hubiese sido más paciente me habría ahorrado mucha caña de chocolate y mucho reiki. Hay que saber esperar la ola para surfearla. Al final, si vales para esto, tarde o temprano sale algo.

Hay que saber esperar la ola para surfearla.

La verdad es que tengo que agradecer mucho a todas las mujeres que me han acompañado en esta aventura: a Lidi, la que siempre será mi niña; a Belén, que supo ver una historia donde nadie creía que la había; a la increíble Belinda, por ser tan valiente; a Clara por aguantar y encontrar una forma de vivir donde parecía imposible; a Maca, con la que aprendí a ser mejor representante y persona; a mi madre, por enseñarme lo que era la fidelidad, y a mi tía Adela, por permitir mi independencia... Y sobre todo a Magüi, mi compañera de aventuras, fiel como nadie; a ella se lo debo todo. Son muchas más las mujeres que me han acompañado en mi viaje, cada una de ellas con sus virtudes y defectos, pero teniendo algo en común: que son unas supervivientes.

Porque esto iba de sobrevivir, ¿no? Sobrevivir a Navarrete, a Barcelona, a Madrid, al declive de PS Management. Miro mi vida escrita y lo que leo es la vida de una mujer rodeada de otras mujeres que sobreviven como pueden. Sobreviven en un mundo que las pone a prueba constantemente y que les hace sentir que no pueden. Pero, al final, pueden. Pueden porque se ayudan entre ellas, porque para eso estamos. No sé dónde estaré dentro de unos años, quizá en lo más alto o todo lo contrario, pero me da igual. Porque, esté donde esté, será con ellas, con todas las mujeres que me enseñaron a ser una superviviente.

El test 360°

¿Podrías ser tú la próxima actriz 360°?

En Nuevo PS seguimos buscando a la actriz 360°. Somos conscientes de que alguien tan especial no nace, se hace; pero con este nuevo test que he ideado resulta aún más fácil descubrir quién tiene potencial de actriz 360° y quién no. Te animo a que lo rellenes con total sinceridad, porque nunca se sabe...

✷ Quiero ser actriz porque....

(A) No hay nada mejor que el glamour del cine y la televisión.

(B) Hay algo dentro de mí que me empuja inevitablemente hacia ello.

(C) Me considero muy buena actuando.

(D) Es un trabajo facilito y ameno.

✷ ¿Cuáles son tus expectativas en el mundo de la interpretación?

(A) Que la gente me pida fotos por la calle.

(B) Dejar mi huella en la historia de la interpretación.

(C) Esforzarme siempre en mi trabajo.

(D) Ganar muchos lereles.

✷ Elige un animal espiritual

(A) Zorra.

(B) Pava real.

(C) Mariposa.

(D) Tortuga.

✳ **Estás en la gala de los Feroz y aparece Frank Ariza para ofrecerte una serie que va a ser el *Black Mirror* español, ¿qué haces?**

Ⓐ Acepto porque lo de «*Black Mirror* español» suena a éxito.

Ⓑ Hablo con mi repre, que sabe mejor que yo lo que me conviene.

Ⓒ Este tío hace series de monjas camello, así que mejor sales corriendo.

Ⓓ Publicas un selfi con él diciendo: «¡Vamos a remontar lo de *El Continental*!»

✳ **¿Qué idiomas hablas?**

Ⓐ Hablo español y una lengua autonómica aparte (murciano cuenta).

Ⓑ Hablo español, inglés y otro idioma extranjero más.

Ⓒ Hablo español e inglés.

Ⓓ Hablo español solo, pero lo hablo *mu* rebién.

✳ **Josep Cister te ofrece un papel secundario en *Puente Viejo*, ¿aceptas?**

Ⓐ No, prefiero vivir de microteatros a meterme en una diaria de mierda.

Ⓑ Sí, pero solo si es con vistas a que el personaje crezca.

Ⓒ Sí, una actriz hace lo que le vaya saliendo siempre.

Ⓓ No, no creo que dé la talla para una serie de tanta calidad.

Siempre quise ir...

A A un monasterio budista en el Tíbet, lejos de la civilización.

B A L. A.

C A Buenos Aires, a aprender de los maestros de la interpretación.

D A Navarrete, capital española del pimiento.

Tengo que llorar en una escena pero no me sale, así que...

A Le explico al director que yo no lloro, que me fui sola con dieciocho años y una maleta a México y no lloré; no voy a hacerlo ahora porque mi personaje tenga cáncer.

B Hago mi mejor interpretación y no me obsesiono por llorar o no llorar porque tiene que ser algo natural.

Estás nominada al Goya a mejor actriz revelación, pero se lo dan a otra, ¿cuál es tu reacción?

A Pongo mala cara porque no es justo. Ese Goya era mío.

B Aunque me duela, aplaudo y sonrío, alegrándome por mi compañera.

C Aplaudo porque sé que no merecía ganar y tengo que trabajar mucho aún.

D Voy a recoger el Goya igualmente porque a mí lo que digan los académicos me la suda.

Tu expareja y tú habéis coincidido en *Instinto* y, por exigencias de guion, tenéis que rozaros desnud@s en una orgía con Mario Casas, ¿qué haces?

A Me niego en rotundo. No habrá gente, que tenga que ser justo conmigo.

B Hablo con el ayudante de dirección y le explico la situación.

C Me jode, pero me aguanto y lo hago porque soy una profesional.

D Es una gran oportunidad para volver con él o ella, así que meto lengua y a vivir.

Ahora sí... ¡Has ganado el Goya! ¿A quién se lo dedicas primero?

A A mí misma, por haber luchado tanto por mis sueños.

B A mi representante, que ha sido la que más ha luchado por verme allí.

C A mis padres, por haberme pagado tantos y tantos cursos de interpretación.

D A mi hámster, el señor Mordiscos, al cual se tragó la aspiradora.

Resultado

Mayoría de D

Eres una Actriz 90º.

Hija mía, eres un puto desastre. Y no por tu manera de actuar, que habría que verte, sino porque no tienes nada claro lo que quieres y vas dando tumbos que no te conducen a ninguna parte. Como mucho conseguirás hacer unos cuantos cortos de mierda de la ECAM, y eso con suerte. Pero no te rindas. Aprende de tus errores y estúdiate bien mis memorias para interiorizar lo que significa ser una actriz 360º.

Mayoría de A

Eres una Actriz 180º.

Tienes claro lo que quieres, pero quizá eso no te conduzca a ser una actriz 360º. Está muy bien saber cuáles son tus metas, pero tienes que ser más flexible a la hora tomar los caminos que te lleven hasta ellas. Debes manejar mejor tanto comedia como drama; teatro, publi, tele o cine; victorias y derrotas. Y deja de opinar tanto en las redes, que la fama no se consigue tuiteando. O bueno, sí, pero no la que quieres tú. Vamos, digo yo.

Mayoría de C

Eres una Actriz 270º.

¡Uy, casi-casi! Eres buena, pero estás mal asesorada. Trabajas duro, estudias y no paras de hacer lo posible por alcanzar tus metas, aunque sea a base de fustigarte a ti misma. Quiérete un poco más, relájate y, sobre todo, búscate un buen representante. No seas como Najwa Nimri, que, por no dejarme ayudarla, va a ser siempre la eterna nominada. Najwa, llámame, hija, que no muerdo.

Mayoría de B

Eres una Actriz 360º.

¡FELICIDADES! Eres lo más. Una Macarena García, una Bárbara Lennie, una Michelle Jenner…, una Penélope Cruz. Ser una actriz 360º es saber moverte en drama, comedia, cine, teatro, publi, televisión. Bailar, cantar, esgrima, equitación y, además, tener un plus (como Natalia Millán, que hace eso y encima hace salto de trampolín). Ser mona ayuda, pero no hay edad para convertirse en una estrella. Lo que no hay que hacer nunca es opinar demasiado en las redes sociales. Y si hay algo claro que define a una actriz 360º es que nunca nunca desaprovecha una oportunidad.

Índice